QUATRE ANS A CAYENNE.

Les formalités voulues par la loi ont été remplies.

Brux. — Imp. de la Veuve Verteneuil, rue des Bouchers, 34.

HISTOIRE CONTEMPORAINE.

QUATRE ANS A CAYENNE.

Notes de Fr. ATTIBERT, déporté.

RÉDIGÉES PAR LE RÉDACTEUR EN CHEF DU BIEN-ÊTRE SOCIAL. Louis Watteau

PRÉCÉDÉES D'UNE INTRODUCTION PAR R***.

BRUXELLES.
EN VENTE CHEZ LA VEUVE VERTENEUIL, IMPRIMEUR,
Rue des Bouchers,
ET CHEZ LES PRINCIPAUX LIBRAIRES.

1859

PRÉFACE.

I.

En l'année 1847, deux grands courants politiques travaillaient, en France, l'opinion publique : le premier entraînait avec lui les clameurs et les impatiences irréfléchies d'une bourgeoisie, qui n'a point su s'habituer encore à reconnaître la Révolution qu'elle n'aime pas, derrière la fronde qu'elle adore et qui l'attire. Ce courant d'opinion de la classe moyenne marquait son plus haut degré d'intensité dans le mouvement des écoles. — Il est bien de dire ici que bon nombre des fils de la Bourgeoisie saluèrent d'un cœur ferme l'aurore d'un monde nouveau ; les fils valaient mieux que les pères.

Le second courant emportait avec lui la fortune du socialisme et les espérances du peuple. Ici ce n'est plus un réveil d'opinion déterminé, plus ou moins accidentellement, par la polémique des journaux, l'audace de certaines chaires universitaires transformées en tribunes semi-républicaines, non : c'est la tradition avec tous ses drames vivants au cœur des masses, c'est la sombre légende des martyrs populaires, racontée par les pères aux enfants, ce sont les tableaux toujours présents, des grandes journées révolutionnaires. — Chez le peuple, c'est la tradition qui nourrit l'idée.

Venus de sources différentes, les deux courants que nous venons de signaler, se rencontrèrent sur le même terrain vers la fin de l'année 1847. — Les banquets pour la Réforme venaient de s'organiser.

Si la Bourgeoisie, plus intelligente des tendances et des besoins de l'époque ; si, meilleure appréciatrice des événements politiques, elle eût saisi la portée de l'Insurrection du 12 mai 1839, elle aurait compris que, dès ce jour, le Socialisme-Révolutionnaire était né, s'était affirmé et qu'il faudrait désormais compter avec lui.

Mais pour le Tiers-Etat, enivré de sa souveraineté d'un demi-siècle, le 12 mai ne fut pas autre chose qu'une échauffourée sans conséquence ; sur l'heure les plus intelligents du parti rugirent de haine contre les chefs du mouvement. L'impression passa vite.

Quant au peuple, il fit entrer cette journée formidable par ses conséquences, au catalogue des légendes traditionnelles. Ce n'étaient plus cette fois, ni les agitations de 91, ni les fièvres pourtant sublimes de 93, ni Babœuf le supplicié de Vendôme, confessant sa doctrine sous le couperet de l'échafaud ; ce n'étaient plus toutes ces grandes histoires dans lesquelles le dévouement du citoyen ne suffisait pas à masquer le vague de l'idée et l'inconsistance de la formule révolutionnaire ; le programme était tranchant, décidé. Le 12 mai 1839, ayant Blanqui à sa tête, marchait droit au but, dont la réalisation sera l'éternelle gloire de notre époque, je veux dire l'émancipation radicale du prolétariat.

La bourgeoisie n'y avait rien compris. Aussi, dès que le moment fût venu, elle se jeta à corps perdu dans l'aventure réformiste, sans savoir où elle allait, mais avec le téméraire espoir de dominer les événements et de les diriger selon ses vues du moment.

Le peuple passa sur le ventre de la Réforme.

II.

Donc, au commencement de l'année 1848, les esprits s'étaient montés sous l'influence d'inspirations diverses ; le gouvernement du jour déconsidéré et les hommes qui le représentaient, pris dans leur propre piége de corruption, manquèrent à l'audace du crime. Février éclata.

Les passions et les intérêts ont diversement caractérisé la Révolution de Février. Pour les uns, ce fût une surprise, pour les autres, la réalisation tardive d'événements dès longtemps prédits et attendus ; enfin, pour d'aucuns ce fût une catastrophe.

Ces différentes dénominations avaient un sens positif, exact dans la bouche de ceux qui les employaient.

Pour la bourgeoisie réformiste, ce fût une surprise ; ce fût une conquête presque réussie et jusqu'alors retardée pour le peuple mêlé aux affaires.

Une catastrophe pour les brigands de l'exploitation et les ogres du budget.

Ceux qui ont écrit des pages délirantes sur l'enthousiasme universel, sur la touchante union des cœurs consommée sous le drapeau républicain, ont fait du roman : les courants ne se sont pas mêlés pendant une minute. En masse, la bourgeoisie garde-nationale pâlit, se troubla et se mordit les doigts de s'être aventurée dans la rue insurgée, lorsqu'elle vit le peuple percer les rangs de la Réforme et pousser jusqu'à la République.

Les hommes qui, à cette époque, furent portés ou se portèrent eux-mêmes au pouvoir, méconnurent radicalement les tendances sociales du moment. Pour la plupart, Février n'était qu'une émeute réussie; ils ne se doutèrent pas un instant qu'ils avaient dans leur main une splendide Révolution à lancer dans la voie du nouveau monde. Je ne veux citer pour preuves de ce que j'avance que la proposition faite d'établir la Régence aux premiers moments de l'existence du gouvernement provisoire. Ah! que devait-on attendre de ces révolutionnaires qui, ayant tout en main, s'empressaient aux premières heures du triomphe de mettre la République en question... Déjà, le 25 février, le gouvernement tout entier, moitié par trahison, moitié par faiblesse, réagissait sourdement contre les justes prétentions du peuple. Pauvres hommes! presque tous avaient vécu en dehors du peuple dont ils ignoraient les véritables aspirations; ils crurent pouvoir payer de mots.. Ils furent abandonnés et tombèrent en entraînant la République dans leur chûte. — Mais n'anticipons pas sur les événements.

La prétention d'un accord parfait qui eût, dès l'origine, existé entre les citoyens n'est donc pas acceptable. Cette prétention servit, dans le temps, à endormir la vigilance du peuple : d'abord, ce fut un leurre ; — plus tard, un crime.

Nous ne ferons ici le procès de personne. Nous voulons seulement, pour l'instruction du peuple et sa prudence future, renouer rapidement les mailles de cette longue chaîne de misère, dont le premier anneau se rattache aux cadavres, étendus le 24 février 1848 devant le Château-d'Eau et les Tuileries, chaîne de torture qui se continue depuis plus de dix ans avec une fatale persistance !

Non, point de réquisitoire. Beaucoup ont été cruellement punis de leurs fautes ; pour aujourd'hui, nous laisserons à d'autres la mission de condamner ou d'absoudre. Qu'une haute leçon soit puisée dans cette sanglante page de l'histoire du monde. C'est à la conscience des hommes qui disposèrent du mouvement révolutionnaire en 1848 que nous en appelons : qu'ils se jugent ! — l'oubli du passé est au prix du silence de l'avenir.

III.

De la part du peuple, seulement de la part du peuple, l'enthousiasme se produisit dans un concert magnifique lors de l'éclosion de la République.

La faute des gouvernants du temps fut de croire que cet enthousiasme, soulevé par un sentiment d'actualité, devait tomber, se dissoudre en quelques mois ; ils ne surent pas apprécier combien de raison, de vouloir, d'intelligence réfléchie se trouvaient mêlés à l'exaltation des masses. Ignorant la physiologie révolutionnaire du peuple, ils interprétèrent à faux ses volontés : — ils périrent.

Lorsque le peuple lit, dans l'histoire écrite, les événements du passé ; lorsqu'il se monte le cœur à la lecture des publications de chaque jour, il ne fait que raviver en lui les enseignements d'une autre histoire bien autrement vivante et nettement formulée : c'est l'histoire dont nous avons parlé plus haut, la tradition populaire.

Depuis 1790, depuis la grande organisation des réunions du peuple et des discussions démocratiques, le travail traditionnel n'a point chômé un seul jour.

Le père transmet au fils la passion de ses droits et la haine de l'oppression. — Le principe d'Egalité, formulé d'une manière carrée, s'ancre dans les esprits. — Les sociétés secrètes complètent l'œuvre. — La propagande s'active et, de proche en proche, le citoyen se sature de l'idée ambiante. En Février, le peuple seul pouvait parler le langage de la Révolution, mais comme il parle peu et écrit moins encore, il se crut obligé de commettre sa destinée aux mains de ceux qui se disaient ses avocats désintéressés ; — on sait ce qu'il en advint.

En 1848, c'était avec autant de patience que de pitié que le peuple écoutait débiter le programme d'une ère prétendue nouvelle. — Sa patience fut une faute, sa pitié un désastre.

IV.

« Nous avons trois mois de faim au service de la République, » avaient-ils dit ! Générosité grandiose, abandon fatal ; croyance sublime et insensée en la conscience et l'énergie des hommes alors aux affaires. Pour se donner sans ré-

serves, ce peuple n'avait point trouvé de plus complète formule que celle qui indiquait le sacrifice du plus impérieux besoin que la nature ait attaché au flanc de l'homme, — l'appaisement de la faim. « Trois mois de misère! quel cri!
« nous mettons notre confiance absolue en vous, nous met-
« tons jusqu'aux exigences de notre ventre à votre discrétion.
« Marchez en avant, voici l'étendart de la Révolution! Trois
« mois, c'est long... mais chaque minute sera fécondée. Ce
« temps, vous allez l'employer à l'organisation d'un nouveau
« contrat social, à la rédemption du prolétariat, à l'élévation
« du citoyen, à l'agrandissement de l'humanité! Puisque le
« bien ne peut s'engendrer qu'au sein de nos douleurs, nous
« les offrons en holocauste à la patrie! Pasteurs du peuple,
« marchez en avant! nous attendrons, nous, nos femmes et
« nos enfants! »

Et c'était ainsi.

Quoi, ces hommes *consentis* par le peuple, *sacrés* par une situation, la plus exceptionnellement formidable dont toute l'histoire puisse témoigner, pouvant soulever deux millions de bras d'un geste de leur volonté, disposant d'un enthousiasme que l'élan révolutionnaire pouvait grandir jusqu'à des proportions extra-humaines, et ils n'avaient pas encore changé la face du monde? Hélas! non. Ils employaient les trois mois de misère, — don sublime, richesse incomparable d'un peuple aux abois, — à rassurer, à rasséréner les ennemis de la patrie, à reforger des chaînes pour l'éternel esclave.

V.

Les fils de mille intrigues s'entrecroisaient dans les régions du pouvoir. Ce n'était point pour terrasser, au plus vite, les vieux partis, étonnés, ahuris par le coup de foudre de Février que l'on combattait, oh! non! les forces vives du pays n'étaient mises en jeu, jour et nuit, que pour abattre les compétitions révolutionnaires. — Etre surpris par la conspiration royaliste qui se réorganise sous la protection d'une aveugle et coupable tolérance, qu'importe! Il s'agit bien de cela vraiment! Couper le poignet à toute main populaire qui se tend vers le pouvoir ; se servir de la calomnie, comme d'un baillon, pour étouffer toute voix rivale dont on craint l'énergie, n'est-ce point assez pour remplir glorieusement les grands jours d'une Révolution et satisfaire au magnanime programme du peuple?

Les journées de Mars et d'Avril pouvaient creuser un gouffre entre le passé et l'avenir en lançant la République dans le champ des réformes sociales : par la réaction du pouvoir, ces deux journées furent funestes au prolétariat.

Et pourtant tous ces hommes qui étaient-là, ne conspiraient pas sciemment contre le peuple, non; j'en crois ma conscience... Deux choses les perdirent, qui entraînèrent la France Républicaine dans l'ornière. D'abord, ils ne comprirent rien à la Révolution sociale qui se dressait devant eux en les effarouchant ; ensuite, ils eurent constamment l'esprit travaillé, troublé par le fantôme des rivalités qui les talonnaient.

A partir du 15 mai, — funeste journée! — le noir écheveau des intrigues contre-révolutionnaires, se déroula avec une effrayante rapidité.

. . . .

. . . .

C'est le cœur brisé et les yeux pleins de larmes que j'écris ce qui suit.

Pauvre pays! Ce sera retourner une fois de plus le poignard dans tes chairs, mais il le faut! il le faut pour secouer ta triste léthargie; pour l'enseignement de l'avenir, il le faut!

VI.

Peuple naguère si vaillant, aujourd'hui affaissé, mais dont le courage gronde toujours au fond des entrailles, tantôt comme une menace pour tes ennemis, tantôt comme un remords pour toi-même;

Peuple qui regardes en bas, l'œil voilé, les genoux humiliés, les lèvres sans voix;

Peuple opprimé par un effrayant concours de misère, terrassé, enchaîné par les lâches conspirations des aristocrates de tous les partis;

Si tu veux retrouver l'énergie suffisante pour secouer la vermine qui ronge ta vie;

Si tu veux regarder tes enfants sans éprouver le poignant remords d'avoir donné le jour à des esclaves;

Si tu veux que le cœur de ta femme batte librement contre le tien, sans crainte que la luxure du soldat ivre ou la convoitise de tes maîtres ne vienne l'arracher de tes bras, passe la corde de chanvre autour de tes reins et suis moi! Je vais faire revivre, sous tes yeux, ce drame de dix ans, —

longs comme un siècle, — ce terrible drame qui a commencé en plein jour, à coups de canon, sous une pluie de mitraille et qui se continue par des étouffements sourds, des duels acharnés dans l'ombre, entre le cachot et le citoyen muré, par des désespoirs sans nom, par la *peste*, la vieille homicide qui conspire avec tes maîtres! Suis-moi sur la montagne, viens! tu verras de lugubres horizons; tu verras la terre marâtre servir d'éternel charnier aux plus nobles de tes fils, détruits dans la plénitude de leur vie en combattant pour la justice et le droit! — Viens voir les fossoyeurs, et viens voir les bourreaux! A l'aspect des calvaires où les tiens ont été lâchement crucifiés, après avoir accompli des prodiges de courage, le sang te remontera au cœur et les tyrans trembleront...

VII.

L'inertie du pouvoir avait rassuré la réaction. Certains, désormais, de ne point être entravés dans leurs manœuvres perverses par un pouvoir qui semblait leur demander pardon d'exister, les royalistes de toutes nuances relevèrent la tête et leur peur des premiers jours se tourna en rage contre la Révolution.

Pas une minute n'est perdue... Les troupes ont été éloignées de la capitale, — elles y rentreront traîtreusement; et comme l'on a besoin d'elles pour mener à bonne fin le grand drame qui doit se consommer dans le sang du peuple, on les excite, ou les enivre par des propos empoisonnés! — « Vous « êtes la portion la plus digne du pays, dit-on aux soldats, « et l'on vous a traités en parias; on vous a désarmés, alors « que vous ne combattiez point, on vous a insultés... Sol- « dats! ne vous relèverez-vous point de cet abaissement in- « jurieux? »

— On bourrait la mine avant d'y mettre le feu.

Changeant alors de visage et de propos, les réactionnaires homicides allaient souffler leur rage aux ateliers nationaux, — cette souricière du peuple! « Citoyens! s'écriaient-ils, « on vous trompe, — ce qui était vrai du reste, — aujour- « d'hui comme en 1830, on escamote la République con- « quise au prix de votre sang. Le souffrirez-vous, citoyens? »

Et de ce côté aussi la haine allait grandissant.

Tout est prêt. La réaction, donnant la main à la moitié du gouvernement provisoire, a froidement délibéré le massacre; le massacre aura lieu.

Pendant trois mois, vingt-quatre mille hommes de garde-mobile, — nom à jamais abhorré dans l'histoire! — sont dressés au meurtre comme des dogues de combat. Rien ne pourra donc conjurer l'horrible destin qui condamne ce pauvre peuple!.. Hélas! non. — Voyez-vous cette lumière qui brille à l'une des fenêtres de l'Hôtel-de-Ville? Eh! bien, aux rayons de sa clarté, des hommes chargés de défendre les intérêts outragés de la nation signent, *sans hésiter*, l'arrêt de mort de vingt-mille citoyens. D'un trait de plume les ateliers nationaux sont dissous. Les prétoriens sont au port d'armes... un commandement se fait entendre...

Tiens, peuple, regarde maintenant.

VIII.

Vois-tu ces tableaux sanglants au-dessus desquels plane la mort, ce roi des épouvantements? Là, on assassine la République! Le canon tonne, les maisons s'effondrent, la mitraille vole, les corps sont déchirés par lambeaux, ah! jamais plus furieuse tempête n'a fait rugir les vagues humaines. Ceux-là que tu vois mourir les armes à la main, sur les dernières pierres des barricades dispersées par les boulets, ce sont les héros de Février!.. On les traite d'assassins, aujourd'hui; de misérables assassins sortis de leur repaire pour le meurtre et le pillage. Voilà la justice de cette réaction sans pudeur, lâche devant le triomphe du peuple, féroce quand le peuple succombe! — Comme ils frappent les bourreaux, comme ils sont insatiables! Regarde dans cette cour, dans cette caserne, dans ces casemates, — on tue, on tue, on tue vieillards, jeunes gens, femmes et jusqu'à des enfants!

Et pendant ce temps, et pour que les meurtriers ne manquent jamais au peuple, on aperçoit, derrière le boucher Cavaignac, quelqu'un qui rit en aiguisant sourdement ses ongles de tigre.

IX.

Non contents des exploits de leurs armes sanglantes, les misérables s'arment encore du mensonge. Sur les murs noircis au feu de la bataille, ils écrivent un mot, — AMNISTIE. L'insurrection épuisée, mais non morte, s'arrête... Elle désarme. — Trahison ! c'était un piége. La clémence préparait l'assassinat. Oh! les barbares qui jouent ainsi avec la foi du peuple ; oh ! les fous qui s'étonnent plus tard que les citoyens ne répondent plus à leur appel !

Lorsque les ombres sont tombées sur le triomphe de la réaction et les cadavres du peuple, une nouvelle phase d'atrocités commence.

Les prétoriens ivres fouillent les maisons à coups de bayonnette, brisent les meubles du pauvre, enchaînent les hommes, brutalisent et déshonorent les femmes ; hourra ! les barbares sont vaincus, et les futurs soldats de César, ceux que nous retrouverons dans le sang de décembre, sont en train de sauver la société !

Et pendant bien des nuits, nuits lugubres qui commencèrent la grande marche mortuaire qui n'a point cessé depuis, on vit de longues files de malheureux, les bras sanglés contre les reins, glisser entre deux haies de soldats ou de bourgeois insulteurs, pour être précipités dans tous les bagnes de l'inconnu. Hélas ! combien qui ne retrouveront plus, dans leur vie, une heure de Liberté ! Où vont-ils donc ces pauvres hommes...

X.

En sortant de la nuit, ils entrent dans la tombe. Et n'est-ce pas une horrible tombe, en effet, que cette terrasse du bord de l'eau où s'est accompli un drame que l'imagination damnée du Dante n'eût pas osé rêver?

De ces grandes misères déjà retracées par de courageux citoyens, je veux citer un épisode inconnu, qui restera comme une éternelle souillure au front des lâches vainqueurs de Juin.

Un enfant de onze ans, exhumé du souterrain des Tuileries, fût conduit dans la cour de la Conciergerie. Un gardien l'ayant avisé fut frappé de l'état dans lequel il se trouvait; — il est à remarquer qu'en ce temps-là les gardiens de prison ne se frappaient point légèrement. Le petit marchait les mains derrière le dos, balançant la tête sur les épaules, les yeux hagards, les cheveux tordus en mèches sâles et saignantes; sa blouse en lambeaux était horriblement maculée. Interrogé sur l'origine de toutes ces souillures, l'enfant répondit : — Ah! les taches, — vous les voyez; — ce n'est rien. J'étais collé près du mur du caveau, m'appuyant d'un côté contre les jambes d'un *grand*. D'abord il était bien tranquille, et je ne souffrais que lorsqu'il remuait les pieds, car alors il me faisait sauter l'eau et la boue jusqu'aux yeux. Mais voilà que tout à coup le *grand* se met à crier : à boire! à boire! et ses pieds me foulaient comme un tas de vieux chiffons. Paff! un coup de fusil tiré par une lucarne. Mon *grand* glisse tout de son long dans l'eau, la boue et d'autres ordures, et moi je monte dessus pour avoir les pieds secs. Les taches que vous voyez sur ma blouse, c'est la cervelle du *grand*, restée contre le mur, qui les a faites.

XI.

Où l'atroce génie de la réaction s'est surtout montrée, c'est dans la rage de dénonciation qui s'empara d'elle après la victoire. Comme la bourgeoisie se vengea alors de toutes les peurs qu'elle avait subies! Et, comme l'infamie ne s'arrête pas en si beau chemin, ce qui n'était d'abord qu'une haine de parti, devint un moyen de servir les plus vils intérêts, les plus basses passions.

Un concurrent, un rival, malgré la modestie de ses opinions, était chargé, dénoncé, expédié au bagne et rivé à un forçat, moins indigne, quel qu'il fût, que le dénonciateur réactionnaire qui l'avait perdu.

N'est-ce pas que les mœurs de ces hommes étaient bien préparées à l'avénement de l'Empire?

XII.

Ah! majesté, qui voulez rompre aujourd'hui le licou bourgeois que vous acceptâtes autrefois avec autant de ruse que de reconnaissance, songez-y bien! Votre couronne impériale comme votre vie ne sont que des concessions toujours révocables qui vous sont faites par les intérêts féroces des privilégiés. — Vous êtes la cheville ouvrière d'un programme que vous remplirez à peine de crouler dans l'abîme.

Si la trahison... non, si des imbécilités qui furent des crimes, n'avaient point mis l'épée des républicains bourgeois aux mains de la réaction ; si l'ardente population de Juin, tombée dans un infâme guet-apens, était restée l'arme au bras, sentinelle incorruptible, invincible gardienne de la Révolution sociale, est-ce que M. Bonaparte eût osé seulement nourrir la pensée de sa nuit de décembre? Ah! si lorsque le peuple décimé, ahuri, saignant, le jarret coupé par ceux qui avaient accepté la mission de défendre ses intérêts et sa vie, faisait encore frémir M. Bonaparte au fond de son palais ; si la future majesté avait été prudente jusqu'à faire préparer des relais à ses fourgons de fuite, alors que ses prétoriens lancés par les rues, déchiraient la constitution et la poitrine des citoyens désarmés à coups de bayonnette, qu'eut-il donc fait devant les intrépides de Juin? — Hélas! les vautours seuls devaient prendre leurs ébats sur cette large jonchée de cadavres...

XIII.

Depuis Juin l'œuvre de destruction s'est accomplie sans trève d'un jour, sans répit d'une heure... Regarde, peuple, regarde encore! — Vois-tu cette sombre machine qui roule, la nuit, sur le pavé des rues? C'est la tombe vivante, c'est la voiture cellulaire. Douze malheureux citoyens étouffent dans les douze compartiments de cette infâme invention. Point de mouvements possibles, point d'air et de vie, ce qu'il en faut pour savourer goutte à goutte toutes les souffrances du martyre. — Ce n'est point une cage, c'est un moule en fer ; l'homme y entre à frottement.

Pendant la nuit, le torturé, fou de douleur, se croit le jouet d'un odieux cauchemar, — mais il va se réveiller.

Il est libre! non ! un faible rayon de lumière vient de pénétrer dans son cercueil, et le froid du fer qui se colle à ses flancs le rappelle à la triste réalité.

Quand il sortira de là, le pauvre citoyen perclus, navré, sans idée, sera jeté dans le fond d'un cachot. — Ah! tu frémis peuple! — mais patience à ta haine et regarde là-bas. C'est un lugubre tableau, n'est-ce pas, que celui de ce pauvre vaincu qui pleure dans le silence et la nuit de la prison, — sa liberté perdue? non ; plus que celà, — le déshonneur de son enfant.

Cet homme est un de tes fils, peuple! un des plus dignes. Ce soldat de l'égalité tombé sous les ruines du droit, emporta, avec ses bras enchaînés, les ressources de la famille. La mère lutta, fit ce qu'elle pût... mon Dieu, chacun sait que le travail des femmes suffit pour les laisser mourir lentement lorsquelles sont seules... Et si elles ont trois ou quatre petites bouches affamées?...

La fille avait douze ans ; son père l'adorait. Dans cette maison où le chef manquait, la surveillance manqua.

Et l'enfant grandissait en âge et en beauté.

Il y a deux mois, elle comptait seize ans ; il y a deux mois elle était séduite.

En prison, les nouvelles heureuses n'entrent point, mais les douleurs qui doivent dévorer à jamais un pauvre cœur de père, passent par toutes les portes.

Depuis deux mois, les cheveux de cet homme ont blanchi. Le jour, il reste dans un coin de sa cellule, les paupières rougies, l'œil morne, le front désespéré; la nuit, sa poitrine se déchire sous l'effort des sanglots... Il revoit, lui, l'*ennemi de la famille,* sa pure et douce enfant, la poësie de sa vie de prolétaire, la joie de ses yeux et de son cœur! il recorde tout, le son de sa voix, ses gestes, ses habitudes, tout, jusqu'au petit ruban de sa poitrine...

Et maintenant, maintenant elle est une fille perdue! Vois, comme à cette morsure le lion bondit sur sa paille ; comme ses yeux se sèchent sous l'éclair qui les brûle... Brave haine, merci! tu retiens le sang dans le cœur qui se déchire.

XIV.

Peuple, tu viens de voir passer, sous tes yeux, les tableaux d'un drame hideux dans lequel tu jouas le rôle de victime. Je n'ai point tout dit. Je pouvais te montrer encore de bien nobles têtes qui, illuminées par la double auréole du martyre et de la foi révolutionnaire, tombaient du couperet de la guillotine dans le panier du bourreau. Si je ne l'ai pas fait, c'est que j'ai craint d'épuiser ton cœur sous l'effort de tant d'émotions terribles, et ton cœur a besoin d'être ferme pour lire ce qui va suivre.

Le livre que nous confions à tes entrailles, va te transporter par delà des mers, sous le ciel des tropiques, à la suite de tes fils meurtris.

Là-bas, l'Empire a pour exécuteurs de ses œuvres ordinaires, outre ses soldats et ses chiourmes, tous les êtres homicides de la terre et des eaux. — Là, le soleil mord comme une bête fauve, et les malheureux citoyens, les défenseurs du droit outragé, les gardiens de la foi publique, travaillent à découvert dans une atmosphère en fusion. La terre torréfie l'épiderme et l'air porte la mort, la mort sûre au sein des organes. — Ailleurs, respirer c'est vivre ; là, respirer c'est mourir. Chaque aspiration empoisonne, chaque sommeil rompt une maille à la chaîne de la vie.

Est-ce assez ? Oh ! non, climats maudits ! La sombre héroïne de vos hautes œuvres ne nous est pas encore connue.... Etre terrassé par une atmosphère de feu saturée de miasmes ; voir sa chair boursoufflée servir de nids saignants à des millions d'insectes ; vivre sur un rocher battu par la mer, à la gueule des murènes et des requins ; avoir les membres déchirés à coups de corde par les argousins ; sentir sa vie s'échapper goutte-à-goutte sans pouvoir la retenir ; rêver à la Patrie perdue comme les damnés chrétiens rêvent à leur paradis, c'est horrible ! et ce n'est rien comparé à la hideuse agonie de la fièvre jaune.

Oh ! celle-ci ne saigne point sa victime au cou ; — c'est le meurtre aux mains sèches : Louis XI eût reculé devant elle.

— Voici comment procède le fléau sous le soleil des Guyanes : Sans prodrômes le plus souvent, un frisson pénétrant étreint l'échine du travailleur, ses flancs ploient, la pioche glisse d'entre ses mains ; un ébranlement profond l'atteint jusqu'aux sources de la vie. Nul ne se trompe sur la nature de ces premiers symptômes. La barque est là qui attend, et la victime, déjà nouée dans les serres de la fièvre jaune, passe à l'hôpital sous la conduite d'un garde-chiourme.

Le lendemain, le malheureux n'est déjà plus reconnaissable ; ses pommettes sont rouges, violacées, les yeux injectés, les ailes du nez et le pourtour de la bouche d'une teinte jaune qui ressemble à celle de la paille de maïs.

La terrible fièvre accomplit son œuvre de destruction. Vers le quatrième jour, de larges plaques noires formées par le sang extravasé sous la peau alternent, sur la face, avec des plaques de la couleur du safran. Les narines et la langue fendillées saignent en nape et ensanglantent la figure d'une manière horrible ! Les yeux pleurent du sang, du vrai sang !

Et, derrière ce masque hideux, le cerveau délirant rallume les derniers souvenirs de la patrie lointaine, jusqu'à l'instant où la souffrance se tait avec le dernier battement du cœur...

O Liberté ! Patrie ! République ! Insatiables divinités ! Faut-il donc tant de larmes et de sang versés, tant de tortures subies pour revivre aux rayons de votre beau soleil !

XV.

Le peuple vient de revoir le passé d'hier, il sait le présent funeste, — voici l'avenir.

La comédie bonapartiste touche à sa fin. La violence de l'Empire, acceptée tout d'abord, comme une garantie de sécurité, a perdu tout prestige. Aujourd'hui la constitution de l'opinion publique, au double point de vue français et européen, se caractérise de la manière suivante :

1° Mécontentement de l'armée toujours émoustillée, jouant le rôle ridicule d'épouvantail, — comme un mannequin dans un champ de blé, — et réduite, en fin de compte, à rester l'arme au bras sous l'œil de l'exécration populaire.

2° Appréhension de la bourgeoisie, destinée depuis 1848 à tomber de fièvre chaude en haut mal, pour finalement s'écrouler sous le lâche sentiment de la peur, d'où qu'elle vienne.

La bourgeoisie s'est creusé sa fosse entre deux sinistres poteaux : juin et décembre.

3° Haine ardente de Marianne, faisant chaque jour son travail de mine avec cette persistante patience qui triomphe de tous les obstacles.

Bientôt il n'y aura plus un pied de terre solide à pouvoir étayer le trône impérial.

4° Impatience, mal contenue, des nations européennes irritées de toutes les impudentes rodomantades qui les agacent sans repos.

Voilà le bilan.

A travers cette situation, l'intrigue et la trahison tissent leur trâme.

L'orléanisme et le parti bleu poussent à la guerre ; en en parlant sans cesse ils maintiennent l'agitation des esprits et font naître, dans le public, des craintes que les meneurs ne partagent certainement pas, mais qui peuvent, jusqu'à un certain point, influencer les événements.

Pour ces partis la guerre c'est la ruine de Bonaparte suivie de la restauration monarchique.

La guerre n'éclatant pas, les habiles auront suffisamment préparé le terrain en fatiguant les intérêts bourgeois ; excellent moyen pour amener la finance à soupirer après le retour de *ses* princes bien-aimés.

D'autres, — des niais qui se croient possibles ! ont inventé le système de l'*Empire avec la Liberté!* Ils nourrissent la prétention de fabriquer un empereur constitutionnel, et pour celà ils se livrent à l'élève du fils de M. Jérôme Bonaparte. Ce quatrième du nom est naturellement flanqué de M. de Girardin l'éternel ministre dirigeant. Comme les premiers, ceux-ci, poussent à la guerre : même pensée avec accroissement de ridicule.

Le peuple Révolutionnaire-Socialiste a compris qu'une restauration quelconque opérée à l'issue d'une guerre européenne le rejetterait dans un nouvel esclavage ; il sait surabondamment que, pour profiter d'une manière sérieuse des résultats de la prochaine lutte, il faut qu'il se rende maître du terrain et procède lui-même à l'organisation la mieux en rapport avec ses besoins et ses intérêts divers.

Dès qu'il y sera bien décidé, le peuple de France n'aura pas besoin des armées étrangères pour en finir avec la dynastie impériale.

Les renseignements des préfets, les rapports des gendarmes sont cruels pour l'Empire : la nation ne veut pas la guerre ! Et sans la nation derrière lui le gouvernement de décembre ne peut que s'écrouler dans la lutte.

M. Bonaparte s'agitera quelque temps encore dans l'impasse où la vieille société l'a poussé, et c'est là que le trouvera la Révolution Démocratique et Sociale avec laquelle il a un si rude compte à règler.

R***.

QUATRE ANS A CAYENNE.

I.

Pourquoi je fus transporté.

J'ai à raconter comment je fus transporté aux îles du Salut, près Cayenne; ce que j'y ai souffert, ce que j'y ai vu souffrir.

Je viens déchirer le secret des assassinats que le gouvernement français y commet; réaliser les dernières espérances de ceux qui moururent près de moi; — enfin, donner un sujet à ceux qui aiment l'ordre politique actuel en Europe, d'en jouir en toute connaissance de causes.

Je n'ai l'intention d'écrire ni un pamphlet, ni un roman.

Je promets un récit simple, détaillé, fidèle, de tout ce qui a été *positivement* à ma connaissance pendant les quatre années 1853, 1854, 1855 et 1856.

Ce n'est point l'histoire complète de ce qui s'est passé à la ville de Cayenne, sur les îles et sur le ponton; ce n'est que la relation de ce qui se passa sous mes yeux, des propos que j'ai entendu, des efforts que mes amis et moi nous avons fait, — mais par ce que j'ai à dire on pourra juger du reste.

Comme cette révélation sera envoyée par le gouvernement rançais au gouverneur du pénitencier, de la Richerie et à Baudin l'amiral, et que ces deux hommes sont deux monstres de cruauté, je ne nommerai aucun des détenus encore en vie à mon départ et qui (s'ils existent !) sont à la portée de leurs vengeances.

Je tairai aussi mon nom. Ma famille est toujours en France. Ma famille !... Du moins ma mère et mes sœurs ; car, d'hommes il n'y a plus que moi, les autres sont morts pour la République.

Je puis exciter la rage des bourreaux ; de ce côté, je ne suis pas sans crainte ; mais aussi j'espère déterminer contre eux quelques gens de cœur.

Je ne fus pas à Cayenne précisément parce que je fus trouvé hostile à la société-bonapartiste ; j'y fus parce qu'en 1848, quelques habiles et quelques incapables tentèrent de faire une Révolution politique à leur profit, au lieu de faire ou plutôt de laisser accomplir une Révolution d'intérêts sociaux.

« Vivre en travaillant, » était moins, chez le peuple, une demande inspirée par la lassitude des privations, ou par la jalousie, que l'expression d'un droit éternel.

Ce sera dans l'histoire du monde la plus belle page, celle où les peuples eurent conscience de ce devoir et de ce droit de vivre du produit intégral de leur travail.

Le gouvernement provisoire trompa la bonne foi du peuple, raffermit l'état de choses ébranlé et remis en question par les socialistes ; ferma les clubs, créa les ateliers nationaux. Le pouvoir exécutif acheva son œuvre, fit mitrailler les ouvriers par des enfants perdus du pavé de Paris, par des bourgeois et par l'armée qu'il trompa.

La loi sur la transportation fut votée.

Voilà pourquoi je fus à Cayenne, bien que j'aie été transporté par le gouvernement de M. Bonaparte.

N'oublions jamais à qui nous devons les sanglants succès de cette bande d'hommes sans aveu et généralement méprisés, que l'on nommait primitivement *Société du dix décembre*. Ceux-ci sont les héritiers directs, les continuateurs logiques du gouvernement provisoire ; — ils ne sont point plus coupables que lui.

N'oublions jamais que ceux qui soutinrent les instigateurs du crime de décembre avaient les mains tachées du sang de juin.

La loi sur l'état de siège proposée par Cavaignac, rapportée par Pascal Duprat, et votée à une immense majorité envoya, tant en Afrique qu'à Cayenne, 14,000 républicains.

Ces 14,000 citoyens qui furent transportés n'auraient pu suffire, a-t-on dit justement, à traîner les cadavres amoncelés de leurs frères tombés sur les barricades, fusillés dans les caves, les jardins publics et les rues, — morts pour cette vérité :

L'HOMME DOIT JOUIR DU PRODUIT DE SON TRAVAIL.

La calomnie et l'hypocrisie pouvaient, tout à leur aise, siéger à la chambre de la représentation nationale, car le pays décimé dans ce qu'il avait de loyal et de courageux, n'avait plus rien de commun avec l'assemblée. La terreur suivit son cours. Tout ce qui lui avait échappé à ses premières razzias, eût à lutter contre ces usurpateurs des droits du peuple. Les oubliettes d'Afrique et de Cayenne paraissant insuffisantes à la peur bourgeoise, on proposa la transportation à Nouka-Hiva.

Proposer Nouka-Hiva ou voter en sa faveur, c'était pis encore. à mon sens, que voter la loi sur l'Etat de siége de Cavaignac, N'était-ce pas, en effet, non-seulement monter une guillotine sèche nouvelle, mais sanctionner les hautes-œuvres d'utilité industrielle et parlementaire, accomplies depuis juin 48 ?

Je joins en conséquence, à la suite de ce récit, les noms de ceux qui proposèrent et votèrent cette nouvelle institution d'ordre.

Je prierai les socialistes de se rappeler les noms, autant que possible, des hommes qui, dans les provinces, soutinrent de leur vote ou autrement, les infâmes de l'assemblée qui votèrent pour Nouka-Hiva ; — il serait injuste de les oublier.

On verra que ces hommes, ou leurs mandataires, n'oublient rien de ce qu'il faut pour nous perdre.

Nous sommes engagés dans une guerre à mort. On ne nous a jamais fait grâce.

1851 vit s'accomplir, par quelques individus, une œuvre entièrement préparée par le *grand parti de l'ordre*.

Chaque homme, chaque enfant, chaque femme, tombés sur les boulevards, en décembre, ont été frappés par le gouvernement provisoire et les siens, — par Cavaignac et les siens, — par l'assemblée et les siens, — aussi bien que par Louis-Bonaparte.

Maintenant, voici le décret que le parti de l'ordre, ayant Bonaparte pour mandataire, promulga le 8 décembre 1851 :

RÉPUBLIQUE FRANÇAISE.

LIBERTÉ, ÉGALITÉ, FRATERNITÉ,

Au nom du peuple français.

Le président de la République,

Sur la proposition du ministre de l'intérieur, considérant que la France a besoin d'ordre, de travail et de sécurité; que, depuis un trop grand nombre d'années, la société est profondément inquiétée et troublée par les machinations de l'anarchie ainsi que par les tentatives insurrectionnelles des affiliés aux sociétés secrètes et *repris de justice*, toujours prêts à devenir des instruments de désordre;

Considérant que, par ses constantes habitudes de révolte contre toutes les lois, *cette classe d'hommes*, non-seulement compromet la tranquillité, le travail et l'ordre public, mais encore autorise d'injustes attaques et de déplorables calomnies contre la saine population ouvrière de Paris et de Lyon;

Considérant que, la législation actuelle est insuffisante et qu'il est nécessaire d'y apporter des modifications. Tout en conciliant les devoirs de l'humanité avec les intérêts de la sécurité générale,

Décrète :

Art. 1er. Tout individu placé sous la surveillance de la haute police, qui sera reconnu coupable du délit de rupture de ban, *pourra* être transporté, par mesure de sûreté générale, dans une colonie pénitentiaire, à Cayenne ou en Algérie. La durée de la transportation sera de cinq années au moins et de dix années au plus.

Art. 2. La même mesure sera applicable aux individus reconnus coupables d'avoir fait partie d'une société secrète.

Art. 3. L'effet du renvoi sous la surveillance de la haute police sera, à l'avenir, de donner au gouvernement le droit de déterminer le lieu dans lequel le condamné devra résider après qu'il aura subi sa peine.

L'administration déterminera les formalités propres à constater la présence *continue* du condamné dans le lieu de sa résidence.

Art. 4. Le séjour de Paris et celui de la banlieue de cette ville sont interdits à tous les individus placés sur la surveillance de la haute police.

Art. 5. Les individus désignés par l'article précédent seront tenus de quitter Paris et sa banlieue dans le délai de dix jours, à partir de la promulgation du présent décret, à moins qu'ils n'aient obtenu un permis de séjour de l'ADMINISTRATION; il sera délivré, à ceux qui le demanderont, une feuille de route et de secours qui règlera leur itinéraire jusqu'à leur domicile d'origine ou jusqu'au lieu qu'ils auront désigné.

Art. 6. En cas de contravention aux dispositions prescrites par les art. 4 et 5 du présent décret, les contrevenants pourront être transportés, par mesure de sûreté générale, dans une colonie pénitentiaire à Cayenne ou en Algérie.

Art. 7. Les individus transportés, en vertu du présent décret, seront *assujettis au travail*, sur l'établissement pénitentiaire; ils seront privés de leurs droits civils et politiques, ils seront soumis à la juridiction militaire; les lois militaires leur seront applicables. Toutefois, en cas d'évasion de l'établissement, les transportés seront condamnés à un emprisonnement qui ne pourra excéder le temps pendant lequel ils auront encore à subir la transportation. Ils seront soumis à la discipline et à la subordination militaire, envers leurs chefs ou surveillants civils ou militaires, pendant la durée de l'emprisonnement.

Art. 8. Des règlements du pouvoir exécutif détermineront de l'organisation de ces colonies pénitentiaires.

Art. 9. Les ministres de l'intérieur et de la guerre sont chargés, chacun en ce qui le concerne, de l'exécution du présent décret.

Fait à Paris, à l'Elysée national, le conseil des ministres entendu, le 8 décembre 1851.

LOUIS NAPOLÉON-BONAPARTE.

Plus bas :

Le ministre de l'intérieur,

A. DE MORNY.

Nous aurions de nombreuses observations à joindre à ce décret pour en éclairer toutes les cruautés hypocrites; nous ne nous en permettrons que deux, ayant hâte de commencer notre récit.

Voici la première :

« ART. 1er. *Tout individu placé sous la surveillance de la haute police, qui sera reconnu coupable du* DÉLIT *de rupture de ban*, pourra être transporté, *par mesure de sûreté générale...* »

Ainsi, un individu mis sous la surveillance de la police, non-seulement depuis Cavaignac, mais même antérieurement, (1) qui

(1) Car Bonaparte n'a pas accepté les amnisties du 24 Février.

quittera une heure le ban de la commune où il est surveillé, — délit des plus légers et des plus faciles à commettre, — peut être transporté, *sans jugement,* « par mesure de sûreté générale. »

Mon récit n'est qne le commentaire de cette condamnation.

On verra ce qu'un citoyen doit souffrir pour avoir été suspect au parti réactionnaire, avoir été mis sous la surveillance de sa police et avoir été dans une commune voisine de celle où il était interné.

On verra que « *la durée de la transportation sera de cinq années au moins et de dix ans au plus,* » n'est autre chose qu'une condammation à la mort la plus cruelle.

Voici ma seconde observation :

« *Seront assujettis au travail* » et — « *les lois militaires leur seront applicables.* »

Je prie le lecteur de ne pas perdre de vue ces deuxarticles durant mon récit.

Enfin, après huit ans de terrorisme, la Société du Dix-Décembre a été réduite, au mois de janvier de cette année, à faire les lois de sûreté, lois par lesquelles M. Bonaparte s'autorise à faire enlever tout citoyen suspect à sa police et à le faire transporter si bon lui semble.

II

Le Voyage.

SOMMAIRE : — La voiture cellulaire. — Le fort Lamalgue. — Les adieux. — Le bagne. — Sur le brik *la Fortune*. — Traversée. — En vue de Cayenne.

Je montais en voiture cellulaire en décembre 1855 avec d'autres républicains condamnés à la même destination.

Selon la coutume, afin d'éviter les regards sympathiques de la foule, qui n'eussent pas manqué à nos adieux, on nous fit sortir de prison pendant la nuit, pour nous diriger sur Paris d'abord, et de là sur Toulon.

Nous sommes restés deux jours et trois nuits rivés sur un banc percé, étroitement serrés par les parrois de la cellule, avec trente livres de chaînes aux jambes et les menottes.

On nous fit grâce du carcan ou collier de fer.

Dans cette boîte on ne voit rien, on n'entend rien que le bruit de la voiture. On ne peut faire aucun mouvement. L'immobilité, — le poids et la gêne des fers, sous lesquels les membres se gonflent, — le silence, — le manque d'air, — la dureté des parois garnis de fer, — tout cela cause des douleurs de reins, des suffocations, des tintements dans la tête, dont tout autre que la victime ne peut que difficilement se faire l'idée.

La plus grande partie du trajet se fit sur chemin de fer.

Arrivés à Toulon on nous conduisit au fort Lamalgue, à la prison militaire. Nous étions brisés par la fatigue. On fut obligé de nous enlever et de nous porter hors de notre cage de fer ?

Le régime de la prison militaire est moins cruel qne celui d'une prison civile. — Nous y passâmes vingt jours, en attendant que le brick de l'Etat fut prêt à nous prendre à son bord.

Alors on nous fit quitter le fort pour le bagne.

Il était six heures du matin. Nous sortîmes placés entre deux haies de soldats; — l'air du dehors, l'éclatante lumière, provoquèrent en chacun de nous, en même temps, un élan de l'âme, et spontanément de nos poitrines s'élança l'hymne révolutionnaire :

« Allons ! enfants de la patrie ! »

Aussitôt tous les ouvriers des ateliers qui avoisinent le fort sortirent et chantèrent avec nous.

Les soldats qui nous conduisaient chantèrent avec nous le refrain :

« Aux armes citoyens ! »

Mais le scandale était immense, mais la colère des officiers n'avait plus de bornes. La peur ferma la bouche aux soldats, nous seuls continuâmes, à ce cri d'un millier de voix amies : « Vive la République démocratique et sociale ! »

Scène magnifique et étrange !

Une foule d'hommes et de femmes nous rejoignit bientôt et nous suivit en nous prodiguant mille paroles, mille cris d'adieux et d'espérance.

Il faut prendre un canot pour entrer au bagne. A peine étions-nous placés dans les canots que l'on fit pleuvoir sur nous des paquets de tabac et de cigares.

Puis on nous cria encore : Courage et adieu ! quand nous eûmes disparu. — Quelques-uns crièrent : Au revoir !...

Merci à ceux qui ont réchauffé si fraternellement nos cœurs !

La plupart de ceux qui partaient avec moi avaient, pour la dernière fois, entendu crier : « Vive la République ! »

Ils ont compris, ces ouvriers et ces ouvrières de Toulon, que c'était pour eux que nous allions à la mort. Les hommes ont en ce moment représenté nos pères, nos frères, nos amis du pays, et la République vaincue. Les femmes nous criaient courage, comme mères, comme épouses, comme sœurs.

Un moment nous fûmes envahis par ces affections douces, mais la réflexion revint pour éteindre l'émotion dangereuse. Nous ne devions pas nous laisser amollir; nous ne devions emporter de la patrie que la confiance dans la Révolution, seul sentiment qui soutienne le condamné au lieu de l'abattre.

Au bagne on voulût sans doute nous faire payer le plaisir de notre court trajet.

Le directeur (je crois que le ministre de l'intérieur d'un bagne s'appelle directeur) fit sortir des rangs les cinq hommes condamnés aux peines les plus fortes, et dit aux soldats : « *Emmenez-les aux cellules, et s'ils bougent f....z-leur des coups de fusil, comme à des chiens ; ils ne valent que ça.* »

On nous avait fouillé et l'on nous avait privé de notre tabac. On nous mit aux cellules, dans l'enceinte fortifiée. — Inutile de dire que nous y fûmes au pain et à l'eau.

Parmi ces cinq punis, c'est-à-dire subissant les rigueur extrêmes, se trouvaient D'hénin, de Lille, et le frère de Pianori, jeune homme fort remarquable et qui n'avait que 23 ans. En apprenant l'arrestation de son frère, il était parti d'Italie pour continuer son œuvre et pour le venger. Il fût arrêté à la frontière et, sans procès, fût destiné à Cayenne. Le citoyen Denain avait été condamné, pour l'affaire de Lille, aux travaux forcés à perpétuité, — autrement dit à la mort par les travaux forcés. C'était un excellent républicain, un de nos frères les plus regrettables, un de ceux qui devaient le plus souffrir.

Au fort Lamalgue,— j'ai oublié de le dire,— nous avons trouvé vingt autres citoyens frappés de la même peine, qui nous ont suivi au bagne ; et là encore notre nombre s'accrut de trois détenus : Pianori, D'hénin et un autre.

Nous ne fîmes point un long séjour au bagne ; le lendemain on nous fit quitter nos vêtements et l'on nous donna l'uniforme des transportés : pantalon de toile grise, blouse grise, bonnet de laine, chemise de toile de chanvre (1).

---

(1) Démenti au *Moniteur* qui dit en octobre 1856 : « Les vêtements délivrés au départ (de l'*Erigone*) n'ont point été uniformes ; mais c'est ce qui prouve le mieux le soin qu'on a pris de vêtir les transportés distinctement des forçats. » Remarquez, lecteurs, que non-seulement, comme le citoyen Denain, on vous condamne pour politique aux travaux forcés, que non-seulement on traite comme des forçats ceux qui sont condamnés à la déportation la plus longue, mais que le gouvernement, dans son langage, met les politiques bien au-dessous des forçats ordinaires.

A onze heures du matin, nous grimpions à bord de *la Fortune*. On enferma les cinq *punis* dans des cellules disposées dans l'entrepont. Nos amis furent enfermés tous ensemble dans une case de l'entrepont où l'on ne pouvait tendre que 12 hamacs; cette case avait 25 pieds de long sur 10 de large. Ils étaient rangés l'un contre l'autre, sans espace pour agir, et pendant vingt et quelques jours, le mauvais temps fit fermer les sabords qui leur donnaient un peu d'air. Ils étaient asphyxiés.

Je ne pense pas devoir m'étendre longuement sur ce sujet. Tout le monde comprendra ce que vingt-sept hommes dans un espace aussi étroit, ayant le mal de mer, exténués par la prison, manquant d'air et manquant de nourriture, peuvent souffrir....

Je ne sais si, nous autres punis, nous étions plus mal dans nos cellules.

Et pourtant c'était encore le *bon temps*, *l'âge d'or*, à cette époque! — Aujourd'hui, les transportés à Cayenne ne voyagent pas en prison. Ce régime fut trouvé trop doux. Nous manquions d'air; c'est vrai; nous ne pouvions nous tenir debout dans nos cellules; c'est vrai, — nous y étions dans une obscurité continuelle et complète; — mais tout cela était moins pénible que le régime actuel.

Les derniers transportés ont été rivés par les jambes à des barres de fer fixées sur le pont du navire.

Là l'immobilité, le froid, le chaud, la présence des gardiens, vous sont un supplice incomparable.

L'empire a toujours progressé en fait de tortures.

Le 28 mai 1852, à bord de *l'Erigone*, voici ce qu'écrivait le citoyen Pierre Quebel :

Mon cher Charpy,

Partis de Toulon le 23 avril, nous sommes arrivés à Brest le 6 mai, où nous languissions depuis. Mais aujourd'hui nous allons partir pour ce Cayennne qu'on nous promet depuis si longtemps.

Il n'est pas trop tard que cela finisse, car pour mon compte je suis épuisé de fatigues après tant de voyages, tant en France qu'en Afrique.

Voici le personnel de la frégate : 145 détenus politiques, de trente-deux départements, pressés, comme sur le *Christophe-Colomb;* je te laisse à penser si nous souffrons ; quatre-vingts environ repris de justice en rupture de ban, rebuts inpurs de toute la société, ces hommes vont à la Guyanne, sous la dénomination de *volontaires ;* puis, pour compléter la situation cent soixante-un forçats vienne d'être embarqués aujourd'hui. Voilà nos compagnons de voyage; je vous laisse à comprendre notre douleur et la position qui nous est faite.

Gardez, mon ami, gardez là-bas, un souvenir aux exilés. Je sais qu'en Afrique vous n'êtes guère plus heureux; éloignés de vos familles, comme nous, seulement vous les reverrez bientôt. On nous dit qu'il n'en reviendra pas beaucoup de nous.

Ne m'oublie pas, mon ami, je t'en conjure. Je viens de te dire notre prison, dis-moi la vôtre.

J'attends une lettre de toi, je la recevrai à Cayenne, *ne m'oublie pas* !

C'est le 29 mai que nous quittons la France. Si tu la revois avant moi salue-la pour nous deux, je l'aime toujours !

Adieu !...

PIERRE QUEBEL,
Chapelier, à Montreuil.

« Pressés comme sur le *Christophe-Colomb*, » dit la lettre de Quebel.

Voici ce qu'en dit le citoyen B..., déporté en Afrique, le 7 mars 1852, à bord du *Christophe-Colomb* :

« Nous sommes placés dans la batterie et dans le faux pont, c'est à dire dans un espace de onze mètres de large sur neuf mètres soixante-dix et deux mètres de hauteur. *Nous n'avons pas un mètre par homme, et sans deux bouches de ventilateur nous serions asphyxiés.* »

« Il n'y a pas de place pour tous les hommes, et la plupart couchent par terre. Chacun d'ailleurs pouvait aller s'étendre à son tour dans ces pauvres hamacs privilégiés; mais, comme il y avait des malades, la préférence leur était acquise : c'était le devoir de la fraternité. »

On le verra, la privation d'air et de hamac entre dans le système général des peines. Ce que l'on vient de voir touchant l'*Erigone* et le *Christophe-Colomb* se passa aussi à bord du *Bertholet*. Les lignes suivantes sont empruntées à une note du cioyen Granger (de la Sarthe) :

« .... A six heures du matin nous entrions dans le faux pont et le second faux pont du *Bertholet*, qui nous attendait, depuis plusieurs jours, dans le port du Hâvre. *Là il y avait place pour cent hommes seulement; on nous entassa au nombre de près de trois cents.* Chaque faux pont avait environ sept mètres carrés, sur une hauteur d'un mètre et demi à peine; en calculant l'espace qu'occupaient les personnes, les paquets, les vivres, on jugera des conditions intolérables dans lesquelles nous étions placé pour la respiration. »

« On nous donna aussi des hamacs *pour cette troisième nuit, mais pour la moitié de nous seulement; il fallait alterner pour y coucher une nuit sur deux : il y avait aussi, sur une hauteur d'un mètre et demi, deux couches d'hommes, l'une suspendue et l'autre placée au-dessous sur le plancher.* »

Passons au *Duguesclin* :

« Notre emplacement a une longueur de 46 mètres sur 14 de largeur au milieu ; ce qui fait une surface de 434 mètres carrés ; — *pour* 500 *c'est une surface de* 87 *centimètres carrés par personne : la hauteur est de* 1 *mètre* 85 *centimètres, ce qui fait un cube d'air de huit cent trois mètres, c'est-à-dire* 1 *mètre* 60 *par personne,* déduction faite de l'emplacement des polaines, casernes et caissons. » — Note du cit. H. Charles Courageux, transporté sans jugement (1).

J'ignore si l'entrepont de notre brick était disposé comme celui d'un autre navire le fut un jour pour la même destination.

Voici le fait :

Les condamnés mis aux fers avaient été rangés à une extrémité de l'entrepont. L'autre extrémité était tronquée par une cloison, dont la porte était de côté. Tout le temps du voyage personne n'entra dans cette chambre fermée. Un espace resta vide entre elle et les prisonniers. Là, souvent, venait le capitaine qui insultait, et provoquait sans cesse, les malheureux chargés de fers.

Avait-il des instructions secrètes pour cela ? — Je l'ignore.

Aucune de ses provocations n'obtint de réponse.

Quand le voyage fut terminé, le capitaine leur dit : — « Vous avez eu raison de ne pas bouger, car là, derrière ces planches, j'avais une pièce toute chargée à mitraille et j'en aurais fini de suite avec vous. »

Rien de pareil ne nous arriva. On nous fit souffrir autant qu'on le put. Et à ce point que plusieurs fois, — moi qui jamais (je l'ai prouvé) n'ai manqué de courage, — il me vint la pensée qu'on voulait nous excéder de souffrances telles que nous puissions rencontrer la mort à mi-chemin. — On nous faisait prendre l'air sur le pont tous les deux jours pendant deux heures; le reste du temps nous demeurions couchés dans nos cellules. Les cellules étaient tellement étroites que nous n'avions que la place nécessaire pour demeurer couchés; elles étaient tellement basses que nous ne pouvions nous tenir assis sur notre hamac. L'air n'arrivait que par 81 petits trous pratiqués à la vrille dans la batterie; ainsi nous en avions aussi peu que le gouvernement pouvait le désirer. Le système de torture était fidèlement appliqué. Nos amis souffraient du nombre insuffisant de hamacs, ainsi que

(1) La lettre du cit. Quebel et ces trois notes sont empruntées à l'excellent travail de Ch. Ribeyrolles : *Les bagnes d'Afrique.*

d'autres en avaient déjà souffert à bord de l'*Erigone*, du *Christophe-Colomb* et du *Bertholet*. Ils ne pouvaient se coucher tour à tour que trois heures et demie chacun. Le reste du temps se passait dans l'eau et les ordures. Il y eut des jours où l'on eut de l'eau jusqu'aux genoux.

Le *Moniteur* a nié que le gouvernement impérial eut jamais traité, ainsi que les forçats, les condamnés pour politique à la déportation.

Les forçats étaient beaucoup mieux traités sur *la Fortune*, que les politiques. Au nombre de 181, placés dans la batterie également, ils avaient le double de place.

Les repris de justice, au nombre de 40, avaient plus du double de place que nous ; chez eux, chacun avait son hamac.

Quant à la nourriture, le seul *Moniteur* peut en inventer la qualité. Elle était nauséabonde.

Le premier jour, à 4 heures du soir, dans les cellules, on n'avait pas encore apporté de vivres.

J'entendis passer un officier, je frappai à ma porte et par le guichet je lui dis qu'on nous laissait sans manger. — Il me répondit que c'était par oubli et qu'il allait nous faire donner des vivres. A 11 heures, on ne nous avait encore rien donné. Quelqu'un passa encore près de nous, je frappai de nouveau : — « Nous demandons si on veut nous laisser mourir de faim, » criai-je. Depuis la veille, au soir, nous n'avions encore rien pris ; le lendemain enfin, on nous apporta du pain et de l'eau.

Pendant quelques jours nous fûmes au pain et à l'eau. J'eus le bonheur, assez rare, de ne pas avoir le mal de mer.

Une tempête nous ayant surpris à l'entrée du détroit de Gibraltar ; une seconde nous ayant mis en péril pendant plusieurs jours, à notre entrée dans l'Océan ; la plupart d'entre nous furent malades pendant toute la traversée.

Une lame enleva la baleinière du capitaine et la jeta à la côte de Portugal, ce qui fit croire que le brick *la Fortune* avait péri corps et biens.

Notre traversée fut longue, ce ne fut qu'au bout de 49 jours que du fond de la batterie nous entendîmes le canon de l'île de l'Enfant-Perdu qui saluait le drapeau de notre prison.

On ne tarda point à nous faire monter sur le pont et nous pûmes apercevoir quelques points des lieux de terreur auxquels nous étions destinés.

2

Le soleil descendait rapidement. La mer chargée de sable et du limon des Amazones était jaune; la ville de Cayenne, dont on ne peut approcher à plus de cinq lieues, nous apparaissait comme un nuage. Les îles présentaient un coup-d'œil charmant. Nous en comptions trois principales. Nous voyions à l'est une partie de l'île du Diable, l'îlet de la Mère, l'îlet Royal, qui est le plus proche du continent et l'îlet Saint-Joseph.

Ces îles surgissent en masses rocheuses et l'îlet Saint-Joseph offrait aux regards un ensemble verdoyant.

A la pointe de l'île du Diable nous pouvions distinguer quelques hommes, allant et venant, interrogeant des yeux notre brick de guerre.

Des canots armés de gardes-chiourmes se dirigeaient d'une île à l'autre,et tachaient ce pays d'un air bonapartiste. D'ailleurs, pas un navire, pas une géolette!...

Quelle différence entre la colonie française et les deux autres Guyanes!

Après être demeurés si longtemps dans la nuit de l'entrepont, nous désirions vivement être envoyés à terre. Nous ignorions si l'on nous mettrait au cachot sur une des îles, ou sur le ponton *le Castor* que nous voyions en rade. Nous laissions pénétrer en nous un sentiment d'aise assez semblable à l'espérance. — Le soleil immense et rouge des tropiques, en dardant ses flèches à travers les arbres, nous semblait un ennemi moins redoutable. La nature terrestre, disparue à nos regards depuis cinquante jours, nous souriait d'un éclatant sourire, avec les couleurs à la fois solides et brillantes de ses roches et de sa végétation.

Plus d'un d'entre mes malheureux amis, qui alors répondit à ce sourire d'un climat inconnu, devait quelques jours plus tard, — dans des souffrances inouïes, — y exhaler le dernier soupir.

III

Le Climat.

SOMMAIRE : — Séjour sur *la Fortune*. — Pourquoi la colonie est très-peu peuplée. — Le climat. — Le *Moniteur* de 1856 et le *Moniteur* de l'an VII. — Résultats recueillis dans les tables de mortalité à la Guyanne, chez les déportés du Directoire. Régime nécessaire pour s'acclimater. — De l'acclimatation morale.

Au moment de notre arrivée, la fièvre jaune régnait déjà depuis huit mois.

Elle commence avec les premiers jours de sécheresse et se prolonge souvent longtemps encore dans la saison des pluies.

On consigna à bord tous les marins, et l'on nous y garda nous-mêmes pendant près d'un mois.

Profitons de ce calme plat pour examiner le pays et le climat.

« Une idée vraiment philantropique, dit le *Moniteur* (1), a présidé, on ne l'ignore pas, à la suppression des bagnes et à l'établissement de Cayenne. »

C'est-à-dire que les bagnes en France étant trouvés trop sains, on les transféra à Cayenne. Cette philantropie qui créa Cayenne est la même qui créa Mazas. La guillotine sèche est de la même inspiration que la prison cellulaire.

Voici nos preuves :

La côte de Guyane est entre le 4me et le 5me degré de latitude, à peu de distance de l'équateur. C'est une terre basse, dont les bords de vases défendent l'approche aux vaisseaux.

---

(1) Voir l'article aux notes.

La Guyane française est bornée au nord par l'Océan, — à l'est par les Amazones, — au sud par la Guyane portugaise, — à l'ouest par le fleuve le Maroni, qui la sépare de la Guyane hollandaise.

Riche de toutes les productions tropicales, cette colonie, aussi étendue que la France, ne compte que 10 à 12 mille habitants.

Le commerce y est très-faible, la culture et l'industrie y sont encore à naître.

D'où vient ce délaissement, cet abandon volontaire et complet d'une terre si fertile, voisine des Antilles ? Pourquoi tous les émigrants se dirigent-ils vers le Brésil et les Etats-Unis ? A quoi attribuer le délabrement où tombent toutes les constructions, qui à Cayenne, n'appartiennent pas à l'Etat ? Les maisons y sont pauvres, le commerce y sommeille. La vie y est pour rien, et personne n'y vit.

C'est que Bonaparte en faisant de cette belle contrée une terre maudite, en en faisant ses *oubliettes*, une plantation de gibets, une pépinière de gendarmes, un cloaque de bourreaux et de geôliers, en détourne les colons qui pourraient l'assainir.

Voyons le pays.

Jusque l'île de Cayenne, descendent du sud d'immenses forêts, où jamais la hâche ne pénètre, entrecoupée de marais, de terrains vaseux semblables à ceux des côtes. Ces forêts descendent d'une chaîne de montagnes où s'alimentent de nombreuses rivières, dont les eaux manquent de lit, s'encombrent de débris végétaux, débordent facilement aux premières pluies et deviennent enfin, durant le mois de sécheresse, ici des réservoirs et là des courants de vapeurs pestilentielles.

A l'est, entre Cayenne et le fleuve des Amazones, s'étend une terre dont le nom est assez caractéristique : Terres noyées.

A l'ouest les mêmes marais sont là tout fumants encore.

Ainsi : marais et forêts au sud, marais à l'est et à l'ouest, marais et forêts au centre ; cours d'eau nombreux sans encaissement, et au nord mer basse sur un fond de vase : voilà la topographie incontestable et incontestée de cette colonie philantropique.

Quant au climat, vous pouvez maintenant vous en faire facilement l'idée, si vous vous rappelez qu'à l'ombre vous avez, le plus ordinairement, 55 degrés de chaleur.

Vous figurez-vous les effets de ce soleil, frappant de rayons perpendiculaires cet amas de vase, et le faisant fermenter ?

L'année s'y divise en quatre saisons, dont deux hivers et deux étés. Les deux étés commencent l'un le 21 mars, l'autre le 21 septembre. Les hivers sont les saisons de pluies. Alors la pluie tombe sans discontinuer et par torrents.

Tout est excessif sous ces latitudes.

Pendant ces hivers, les chaleurs sont très-fortes, et le soleil, lorsqu'il perce les nues, est plus dangereux encore que jamais.

Lorsque règne la sécheresse, les eaux laissées par les fleuves dans les bas-fonds, sur les terres *généralement submergées*, s'évaporent... Les miasmes, autrement dit la fièvre jaune, — autrement dit : la mort, — remplissent l'atmosphère qui, sans courant et embarassée par les forêts, ne peut se purifier.

Tout fermente, tout vit et meurt, végète et se décompose avec une rapidité et dans des proportions pour nous inconcevables.

Dans les airs les miasmes et les insectes par nuages; dans les eaux, sur la terre, tous les monstres de la fange chaude, tous les venins animés; serpents, caïmans, scorpions, crapauds énormes, chauves-souris gigantesques et dangereuses. Puis pullulent des milliers d'insectes venimeux, à peine visibles, les poux d'agouti, les chiques, assez semblables à de petites puces, qui s'insinuent dans les pores, y pondent, s'y multiplient; les maringoins et les moustiques, dont les suçoirs pénètrent la meilleure couverture de laine, dont le moustiquaire ne peut vous garantir.

Ces mouches vous enveloppent ainsi qu'une nuée. La mer, les fleuves sont peuplés de requins, de caïmans, de murênes et d'une multitude d'animaux venimeux. Le bain y est impossible.

La nuit succède au jour, sans crépuscule, en dix minutes. A un soleil torride succède une nuit très-froide. Respirer c'est s'empoisonner; agir, à certaines heures, c'est exposer sa vie; se reposer, c'est moins souffrir, mais c'est souffrir encore.

Voilà le climat; n'est-il pas digne d'attirer l'attention d'un gouvernement philantrope?

« Une idée vraiment philantropique a présidé à l'établissement de Cayenne. »

Ce mensonge ne s'est pas fait officiel pour la première fois, en 1856, dans les colonnes du *Moniteur*. Déjà, sous le Directoire, dans le même *Moniteur*, voici ce que nous lisons :

« La déportation doit être désormais le grand moyen de salut pour la chose publique. Cette mesure est avouée par l'humanité. »

Il est bon de voir le langage que tenait le Directoire sur la transportation à Cayenne, (alors beaucoup moins barbare qu'elle ne l'est aujourd'hui!) parce qu'en regard du *Moniteur* de l'an VII nous pouvons évoquer les tables de mortalité, dont l'authenticité est sanctionnée par l'histoire, et que cela écartera tout soupçon d'exagération, quand nous dirons le chiffre des morts dans le pénitentier actuel.

« Depuis l'injonction faite à tous les individus condamnés à la déportation et qui s'y sont soustraits, de se présenter dans le délai de deux mois, pour recevoir l'ordre de leur départ et l'indication du lieu où ils seront transférés, on semble porter avec inquiétude ses regards sur la Guyane. On interroge les relations des voyageurs sur cette contrée et l'on se demande quel est le sort de ceux que *les lois* y ont relégués.

« Leur sort, sans doute, n'est pas sans rigueur. Ils vivent loin des amis, des parents, de tous les objets qui composaient leur félicité domestique : mais c'est là ce qui constitue la peine de la déportation, ils ne font que la subir. De tout ce qui pouvait du reste adoucir leurs conditions rien ne leur a été refusé.

N° 84 du MONITEUR, *24 Frimaire, an* VII.

« D'après les ordres de l'agent du Directoire exécutif, le commissaire chargé de les recevoir, leur a donné la faculté de se réunir, d'habiter ensemble et de louer à cet effet des maisons particulières. Il leur a laissé pour promenade un espace d'environ vingt lieues. Il leur a distribué à raison d'un arpent pour chacun, les terrains les plus propres à former des établissements, et leur a fourni vivres, linges, habits, vêtements de toute nature. La chasse et la pêche ont paru, à quelques-uns d'entre eux, des moyens utiles de distraction, il leur a été aussitôt délivré des fusils, du plomb, de la poudre et les autres instruments nécessaires, et quatre Indiens, auxquels on accorde la ration, ont été mis à leur disposition pour l'un et l'autre objet. »

Suit un éloge des plus complets du climat de la Guyane, qui se termine ainsi :

« Parmi ceux qui accusent d'insalubrité la Guyane française, il en est qui ont quelqu'intérêt à le faire; et pour ceux-là, sans doute, ce témoignage ne fera pas autorité; mais il le fera pour tous les hommes de bonne foi, qui n'avaient que des notions confuses et infidèlesde cette vaste colonie et qui se souviendront aujourd'hui que la température modérée de son climat lui fit donner jadis le nom de *France équinoxiale.* »

Ce rapport respire la bonne foi, n'est-il pas vrai? Eh bien! ce n'est qu'un tissu de mensonges. L'espace de 20 lieues? Mensonge!

— L'argent distribué ? Mensonge ! — Les armes et engins ? Mensonge ! — La température modérée ? Mensonge encore plus impudent.

Voici ce que je trouve dans l'histoire :

Le nombre des déportés du 1er vendémiaire an VI était de 16. Six moururent la même année et huit autres n'échappèrent à la mort que par l'évasion.

Il en mourût donc 6 sur 8 qui restaient, et cela en un an !

Le nombre des déportés du 12 mars 1798 et du 25 avril suivant était de 193. Ils ont été débarqués à Cayenne les 13, 14 et 15 juin 1798.

Cinquante et un moururent la même année et cinquante-quatre moururent dans le courant de l'année suivante, *soit en deux ans : cent trois sur cent quatre-vingt-treize.*

Un s'évada en 1799. Quatre s'évadèrent en 1790, dont un périt naufragé.

Sur une fournée de 110, arrivée en septembre 1799, 46 périrent dans la même année et 7 l'année suivante, soit 53 sur 110 en deux ans ! — Et encore de ces 110 il faut distraire un nombre de 12 individus qui parvinrent à s'évader ; ce qui le réduit à 98.

Cinquante-trois personnes sur quatre-vingt-dix-huit, en deux ans !

Peut-on appeler ce pénitentier-philantropique une guillotine-sèche ?

Mais nous ne sommes pas au bout !... Ecoutez ce que disait de ce pays... non pas un des déportés... non ! mais l'agent du directoire, le gouverneur Jeannet lui-même, le *de la Richerie* de cette époque, voici ce qu'il écrivait, lisez : « *Le blanc qui travaille le moins et qui se soigne le plus dégénère sensiblement sous la zone torride ; celui qui y brave le soleil, qui ose y travailler comme en Europe, paie de sa vie son ignorance et son courage.* »

Le *Moniteur* d'aujourd'hui non-seulement sera contredit par les agents de l'empire à Cayenne, mais lui-même, par inattention, se contredira et nous donnera le chiffre épouvantable des morts.

Je fus frappé, lorsque j'arrivai, de l'air maladif des habitants. Les noirs exceptés, tout le monde, sur cette terre, a l'air d'être miné plus ou moins par la fièvre.

J'ai demandé, depuis mon évasion, à des commerçants ce qu'ils pensaient de l'acclimatation dans ce pays; et voici ce qui m'a été répondu par l'un d'eux et confirmé par d'autres :— « Un homme riche qui voudrait, je suppose, s'établir à Cayenne devrait, avant d'habiter la terre, rester un an environ sur un navire en rade, si cela était possible.

De temps en temps, lorsque toutefois ne règnerait pas la fièvre jaune, il irait se promener et passer un jour ou deux à la ville. Il devrait se priver de viande, de liqueurs et ne pas boire plus d'une demi-bouteille de Bordeaux par jour. Par cet épuisement continu de ses forces, par cet appauvrissement progressif du sang, il *pourrait* habiter Cayenne et y vivre.

— Mais, objectai-je, s'il était d'un tempérament sanguin ?

— Oh ! il faut excepter les hommes de ce tempérament ! »

Ainsi, tout homme d'un tempérament sanguin envoyé à Cayenne (par mesure philantropique) est envoyé *sûrement* à la mort !...

Eh bien ! cependant l'air saturé des miasmes des marais et des fleuves, la chaleur des tropiques, le vent du Sud qui porte la fièvre jaune, le froid subit des nuits, l'empoisonnement par la respiration, l'épuisement des forces par le labeur au soleil, la maladie, tous ces libres-ennemis ne sont que les ministres les moins cruels de l'Ordre européen à Cayenne.

Il est un agent plus cruel et plus dangereux encore.

Car avec un tempérament lymphatique (si l'on est au cachot) on peut résister pendant quelques années.

Il est un rayon plus brûlant que ceux du soleil, il est un souffle plus fiévreux que celui du vent du Sud, il est une souffrance moins tolérable que le labeur des forçats ; — cette flamme, cette fièvre, cette souffrance qui vous mine promptement et vous tue : c'est la pensée !

Dès que vous êtes rivé à la barre du pont d'un navire de l'Etat, vous avez rompu avec l'humanité. Alors sachez vous résoudre à n'être qu'un cadavre.

Ne vous plaignez ni de la faim, ni de la soif. Appelez la tempête et estimez-vous heureux si le mal de mer se joint pour vous aux tourments physiques de la chaîne et des gardiens. — Ces douleurs tiennent lieu d'une douleur plus grande : la douleur des adieux au monde et celle du souvenir !

O mes amis ! républicains de la lutte, qui me lirez demain et qui un peu plus tard — peut-être — serez vaincus et traînés aux supplices auxquels je suis échappé; je vous le répète : anéantissez votre esprit dans la douleur physique : ne pensez pas.

Aux îles, parmi nous, il était défendu d'éveiller la pensée du passé.

Celui qui eût, dans son regard, sur son visage, laissé lire la mélancolie, si communicative, des affections brisées, — celui-là eut été plus dangereux que s'il eût porté la peste.

Vous êtes loin, bien loin de la vérité, amis, si vous vous représentez les habitants de ces îles maudites se cherchant les uns les autres, durant le froid des nuits, pour échanger les regrets et les souvenirs qu'amène l'insomnie. Là-bas le regret est mortel, le rêve est un danger. Le sommeil, qui chez vous est un plaisir, le sommeil, qui vous berce comme une seconde mère, là-bas n'est qu'un remède aux maux du jour.

Quelques exilés d'Europe, à la perte de leur pays, de leur maison, de ces lieux familiers à la pensée et au cœur, de ces endroits consacrés par la présence d'un père, d'une mère qui ne sont plus, — voient encore s'ajouter la perte de l'intimité de leurs affections, et celle de leurs relations d'amitié, et celle de leurs fortune.

Parmi eux beaucoup d'ouvriers se trouvent, par la misère, séparés de leur femme ou de leurs enfants. Souvent séparés de tous.

Mais il leur est permis et il leur est doux d'évoquer l'image des lieux qui leur sont chers. Un regard donné au portrait d'une personne aimée, qu'ils ne voient plus, pour eux n'est pas mortel. L'exil n'est pas l'isolement. Ils ne voient plus leur famille, mais ils voient d'autres familles; et leur cœur, amèrement, va prendre sa part au bonheur étranger qui les environne. Ils n'ont plus la patrie et ils ont cependant un pays qui, par les mœurs, qui par le climat et l'aspect même, les rapproche de cette patrie, les en entretient doucement.

Pour le transporté il n'en est pas de même.

Il doit oublier qu'il a vécu. Il doit oublier qu'il a aimé et qu'il a été aimé; que quelqu'un pense à lui et pleure sur lui; qu'il ne le reverra plus... peut-être; transporté, il doit prendre patience dans sa tombe, dans cette tombe il survit; mais s'il en soulève le couvercle pour donner l'aise à sa poitrine et respirer un peu de l'air des anciens jours, il précipite son agonie, il hâte la mort.

Et d'ailleurs, amis, vous tous qui êtes blessés par l'équité des juges, vous comprendrez fort bien cela !

La femme, les enfants petits et misérables, les vieillards fermant les yeux en demandant en vain leurs fils ; les foyers éteints par la misère entrée au départ du transporté; tous ces bras innocents et caressants que dans votre souvenir vous verriez tournés vers vous; tous ces yeux baignés de tristesse, qui viendraient, par un rêve, raffraîchir de larmes vos paupières taries; cette moitié de votre cœur laissée en France, cette moitié de votre vie, n'auraient-elles pas dans votre mémoire l'affreux cortége des juges, des gendarmes, des députés, des préfets, des gardes-chiourmes, des prêtres, des ministres, des jurés, des soldats, qui vous ont frappé quand vous vous jetiez au-devant de la Justice pour lui parer les coups?

Le cauchemar peuplé de démons succéderait au songe peuplé d'anges. Et le levain de cette justice, dont vous fûtes pétri, fermenterait alors, soulèverait en vous des orages, et vos forces s'épuiseraient en vain.

Ce que les imbéciles nomment vengeance, et ce que l'Antiquité adora dans Hercule détruisant les monstres, s'agitant chez vous dans l'impuissance, ensanglantant ses ongles aux barreaux d'une prison que maintient la tyrannie européenne, ajouterait une torture de plus à vos tortures. A vous voir vous déchirant les entrailles les tyrans souriraient.

Non ! acceptez, dès la première heure, le duel inégal auquel vous êtes réduit. Combattez toujours ! Toutes les chances sont contre vous? N'importe ! Ainsi qu'autrefois dans les guerres, l'homme mettait en sûreté ce qu'il avait de plus cher et de plus précieux avant de risquer sa vie à le défendre; — mettez de côté, ensevelissez votre cœur et votre intelligence presqu'entière. Croyez-moi, ne gardez de votre intelligence que ce qui est nécessaire au combat et partez en vous disant ceci : Evasion ! Vengeance ! Liberté !

Tendez les ailes ! Prenez essor vers l'avenir. Là est une région saine et fortifiante; vivez-y en esprit !

Pensez que la justice doit triompher. Pensez que le monde moral et intellectuel, de même que le monde physique, ne peut vivre en dehors des lois de l'équilibre, de l'équité, de l'harmonie.

C'est ainsi que je fis.

Je vivais contemplant la République universelle.

Mes douleurs se taisaient presque toujours à cette contemplation. L'on se trouve en effet si petit, malgré la profondeur de ses blessures, lorsque l'on se compare à l'humanité, que l'on ne saurait s'aimer soi-même qu'en se considérant un des instruments du progrès universel.

Beaucoup meurent aux îles de nostalgie. Je n'en saurais donner le chiffre. La nostalgie, en affaiblissant l'homme, prépare en lui d'autres maladies.

En Algérie, le climat et le régime des transportés est préférable, sans contredit, au climat et au régime de la Guyane.

Voici ce que M. Emile Cordier, médecin de 1re classe en Algérie, a déclaré :

« Des 317 transportés arrivés le 10 mai 1852, il n'en reste aujourd'hui qu'environ 130 ou 150 ; un grand nombre ont été graciés. *Beaucoup de transportés déjà ont succombé à la nostalgie,* au découragement. »

Tels sont les aveux d'un médecin patenté !

IV

SOMMAIRE : — Sur le ponton *le Castor*. — Les deux italiens. — Orgie bonapartiste. — Le *Château-Rouge*. — La malaria. — Un déjeuner.

On se lassa de nous garder à bord de *la Fortune*, et l'on nous envoya sur le ponton-prison *le Castor*. *Le Castor* était à cette époque à l'ancre dans la rade. C'était un vieux navire dématé et pourri, gardé par quelques soldats de marine.

On nous fit d'abord nettoyer le pont, puis les cellules qui nous étaient destinées. Dans les premières qui nous furent ouvertes pour le nettoyage, l'air était à un tel point méphitique que nous étions obligés de remonter sur le pont de demi-heure en demi-heure. Ceci pourra vous aider à compléter une description qui m'est impossible, celle d'une cellule habitée. L'air que nous respirâmes en y entrant était presqu'entièrement décomposé. Nous étions suffoqués. Dans un coin gisait un malheureux encore vivant.

Nous suppliâmes les gardes-chiourmes, qui nous avaient suivis sur *le Castor*, de le laisser sortir un instant, et à grande peine ils nous l'accordèrent.

Je vois toujours cet infortuné rendu à la lumière, une minute, après plusieurs années, — immobile, anéanti, muet, — à peine paraissant entendre la parole de ses frères, deshabitué de la voix humaine. Sa maigreur était extrême et sa peau comme rongée par la lèpre. Il avait dû être d'une taille athlétique. Ses rotules étaient énormes, et ses jambes n'avaient plus que l'os et la peau.

Sa barbe et ses cheveux d'une longueur démésurée étaient blanchis. Pourtant il n'avait pas plus de quarante-cinq ans!

Voici ce que j'appris de son passé :

Trois Italiens livrés par Pie IX à la police française furent, sous un prétexte inconnu, transportés à Cayenne. On craignit de les mettre avec d'autres détenus politiques. Pourquoi? C'est encore un mystère de l'insondable lâcheté des tyrans.

On les enferma dans les cachots de la ville, que l'on appelle prison du Diamant. Un d'eux s'échappa. On coula les deux autres dans les cellules du ponton-prison *le Castor*. C'est tout ce que je sais du passé de ce malheureux et de son compagnon.

Tandis qu'il était là, sur le pont, respirant en quelques minutes plus d'air qu'il n'en avait eu depuis cinq années; une barque amenait à bord deux aides-bourreaux de S. M. Napoléon III : Baudin, l'amiral, et de La Richerie, le gouverneur.

Les gardes-chiourmes voulurent faire rentrer l'Italien, mais ils avaient été aperçus; il n'en était plus temps. L'amiral-bourreau, à la vue de sa victime exhumée, pâlit de colère. — « Quel est cet homme? » demanda-t-il à la Richerie. Et avant la réponse de celui-ci : « Renvoyez-moi ce monstre dans sa cellule. Qui lui a permis de venir sur le pont? »

Et le surveillant s'excusant sur la maladie du prisonnier, le Baudin s'écria avec impatience :

« Il n'y a pas de maladie pour ces hommes! Entendez-vous? Que de telles infractions à mes ordres ne soient plus commises. »

Puis il donna un libre cours à sa rage, menaçant et même insultant ses accolytes non gradés.

Que devint l'Italien? — Qu'est devenu son compagnon? Tout ce que je sais, c'est qu'on les jeta dans un cachot du *Château-Rouge*.

Sont-ils morts? Nous l'ignorons. Dans leur pays on ne sait pas même qu'ils sont transportés à Cayenne.

Nous sommes restés cinquante et un jours sur le ponton.

Le ponton, sous les tropiques, est beaucoup plus pénible que le ponton sur les côtes de France. *Le Castor* et *le Duguesclin* sont deux instruments de supplice comparables sans doute, mais le premier est de beaucoup plus dangereux que le second. Dans tous les deux on manque d'air; mais sur *le Castor* le peu d'air que l'on a est brûlant; dans ces deux carcasses l'eau de mer croupit, mais sur *le Castor* l'eau croupissante est pestilentielle; enfin, sur le ponton de la Guyane vous avez, outre les entretenus du 2 décembre, ces myriades d'insectes dont je vous parlais plus haut.

Pendant notre séjour sur le ponton, nous fûmes témoins d'une scène plutôt amusante qu'extraordinaire.

Quelques gardes-chiourmes vinrent de l'île Saint-Joseph pour *faire la noce* avec leurs amis du *Castor*. Voici comment. Les quatre gardiens mettaient de côté, à *la masse*, de l'argent qu'ils employaient *en fêtes impériales*. Un d'entre eux fut enlevé pour Saint-Joseph, et quelques jours après, le soir dont j'ai à parler, revint avec des amis sur *le Castor*.

L'entrepont s'illumina de toutes ses bougies, et ces messieurs, les valets du crime, ces fossoyeurs d'hommes enterrés vifs, se mirent à table, observant les uns envers les autres une parfaite courtoisie. Les chiens de bonne maison mangent avec une certaine dignité. Jusqu'à la tombée de la nuit, ces messieurs furent assez tranquilles. L'heure était venue de se retirer pour les deux gardes de Saint-Joseph, quelques hommes du *Castor* les reconduisirent sur leur canot. Après le départ des deux voisins, on continua à boire. En allant au rapport à la ville, un soldat avait acheté deux Marie-Jeannes de vin, de vingt-cinq litres chacune ; une des deux fut bientôt à sec. Il est juste de dire que ces messieurs étaient de seize à vingt. Les cerveaux s'échauffant, vinrent les bons contes. On parla de hauts faits, chacun voulait avoir fait un petit 2 décembre. Quelques esprits chagrins, — jaloux peut-être, — n'ayant rien à conter, critiquèrent les exploits de leurs camarades. Comme la plupart avaient tous quelqu'*habileté* sur la conscience, les reproches se croisèrent.

Ces *habiletés*, (en langage non-officiel : ces crimes,) étaient toutes relatives aux forçats et aux détenus politiques.

« Toi ! disait un garde à un soldat, pour un rien tu crèves un homme !

« Toi, — disait l'autre, — à un forçat, pour t'avoir seulement désobéi, tu as ouvert le ventre d'un coup de sabre. »

La discussion s'échauffa.

Le cuisinier des représentants de S. M. I. à bord du *Castor*, un forçat, — un homme qui valait mieux qu'eux ! — avait caché la seconde Marie-Jeanne de vin.

Les reproches étaient d'une violence extrême ; les remords,

peut-être soulevés par l'ivresse des bas-fonds de ces consciences fangeuses s'aboyaient les uns les autres, comme des dogues dans la tempête, — les verres et les assiettes commençaient à voler.... La colère et l'ivresse se donnèrent rendez-vous sur le pont.

Nous étions là ; — quel spectacle !... Nous étions là, immobiles, muets, grouppés dans un coin, regardant ces personnages, nos maîtres, se ruant les uns sur les autres, se meurtrissant, se roulant ; — le crime se déchirait les entrailles de ses propres ongles, — il s'était vu hideux au fond du verre de l'orgie, et on eût dit qu'il voulait en finir.

Les armes étaient tirées, les canons de fusil des gardes paraient les sabres des soldats de marine.

Un moment, un instinct naturel nous parcourût et fût sur le point de nous faire intervenir pour les séparer ; mais la raison refrêna cet instinct des jours meilleurs ; — ce n'était pas des hommes qui se battaient devant nous. Ils voulaient, réciproquement, gardes et soldats, se mettre aux arrêts !...

La sentinelle du pont cria qu'elle armait son fusil pour donner le signal d'alarme aux îles.

La peur sépara les combattants.

La soif devint plus ardente. La seconde Marie-Jeanne revint en mémoire. — On la chercha, d'un commun accord.

Dans l'entrepont... pas de Marie-Jeanne ! On se mit à la chercher partout.

Cette scène est indescriptible.

Tous ces êtres saigants, blessés, à demi dévêtus, ivres, l'écume aux lèvres, se ruaient en même temps dans chaque cellule, faisaient relever l'infortuné qui y était étendu et l'insultaient ; incapables de penser que l'homme enfermé n'avait pu leur dérober leur vin. Enfin, ils s'en prirent au cuisinier ; ils trouvèrent leurs vingt-cinq litres et il purent se soûler, achever de briser dans l'entrepont le peu qui avait résisté aux premières querelles. Les chiourmes étaient dans un délire tel qu'ils jetaient leur porte-monnaie par les sabords.

Cette scène me rappelait une chanson populaire de 1850, *le Bal et la Guillotine*, dont le refrain était :

« A l'Élysée on dansera ce soir. »

Les fossoyeurs buvaient sur les tombes fraîches ; les bourreaux dansaient au pied des gibets.

C'est bien tout notre temps !

Le lendemain, nous eûmes à laver le ponton et à remettre tout en ordre. Le moins déchiré des soldats fut accomodé de façon qu'il pût aller au rapport.

Quand Baudin étaient venu avec la Richerie nous faire visite, le premier avait dit au second : « Nous avons ici deux catégories de condamnés ; en voici que vous pouvez mettre à part pour les travaux forcés, *puisqu'ils sont condamnés* PAR DÉCRET *à la transportation.* Quant aux autres, je ne sais qu'en faire ; je n'ai pas encore reçu d'ordres qui les concernent. Laissez-les ici. »

Ces paroles prouvent deux choses : la première c'est que tout homme condamné par décret à la transportation, aux yeux de la France n'est condamné qu'à la transportation, et en réalité est condamné aux travaux forcés : la mort dans les premiers mois, — la mort, sans chance d'évasion. — La seconde : c'est que le gouverneur *ne fait rien* que d'après les ordres de Paris.

Je devais faire connaissance avec tous les cachots.

Nous partîmes pour le *Château-Rouge*, bastille de l'îlet Royal, au nombre de seize. Le *voyage* fut assez pénible. Il faisait une chaleur terrible ; en débarquant sur l'îlet nous avions chacun sur les épaules un sac qui pesait environ cinquante kilos. L'îlet est très-escarpé, la rampe étroite par laquelle on y pénètre est creusée dans le roc, dont elle atteint les trois cents pieds, presque sans serpenter. Nous faisions dix pas et nous nous asseyons sur nos sacs. — Ce qui nous valait les bourrades des gardiens.

La prison-caserne est aussi bonapartiste que possible. Je ne crois pas qu'elle ait rien à envier à celles de France. On va en juger.

En entrant dans notre nouveaux séjour, l'air, — ou plutôt le gaz que nous respirâmes, — nous suffoca. Trois d'entre nous tombèrent évanouis.

L'air extérieur ne filtrait en ce lieu que par deux meurtrières de 50 cent. de hauteur sur 8 cent. de largeur, et encore étaient-elles traversées verticalement par un barreau assez épais pour prendre un tiers de leur largeur.

On verra plus loin que des hommes refusent le travail et s'estiment comparativement heureux lorsqu'on les enferme là !..

Les deux Italiens nous avaient précédé au *Château-rouge*. Ils étaient dans des cachots particuliers, nous ne pûmes avoir de leurs nouvelles.

Le premier jour nous eûmes à dîner une soupe grasse dont le goût nous engagea à ne pas trop manger et à mieux attendre du lendemain.

Mais le lendemain était jour maigre !... Nous avions oublié que nous étions sur les îles du Salut.

On nous apporta de la morue. — Notre premier mouvement fût celui de nous avancer vers cette morue que l'on venait de déposer devant nous ; notre second mouvement fût celui de la répulsion. C'était quelque chose d'infect.

Nous étions seize devant *ce plat*. Personne ne manquait de son appétit de trois jours ; d'ailleurs, pensionnaires de Cayenne, nous n'avions guère de motifs pour faire les dégoûtés. Nous prenions cette viande corrompue, nous la retournions dans tous les sens ; l'estomac criait : « Prends ! » — mais l'odorat et la vue, — la vue elle-même — : « Abstiens-toi ! »

Le plus affamé mangea ; c'était le citoyen Gabriel Lapierre ; trois autres, et j'étais du nombre, dégustèrent seulement.

Bien m'en prit de ne faire qu'y goûter ; — ainsi que mes deux camarades, j'en fus quitte pour des coliques et des vomissements.

Avant qu'une heure se fût écoulée notre malheureux Gabriel se roulait par terre en proie à des coliques violentes, comme celles causées par le vert-de-gris.

Nous frappâmes à la porte. Au bout d'une heure de bruit on vint. — « Qu'y a-t-il ? » — « Un de nous est très-malade ; voyez-le. Nous avons du sucre dans nos sacs ; veuillez nous en donner avec de l'eau, pour lui. »

Refus. — Cependant à 11 heures on apporte un litre d'eau. Du sucre il n'en fût plus question.

Le malade avait une blessure qui s'était rouverte dans les convulsions.

Un jour après il était mort.

On dit que Louis-Bonaparte ne recule devant rien pour se maintenir au pouvoir. Pourquoi fait-il aussi cruellement languir ces victimes ? Pourquoi, dans ses exécutions, apporte-il tant de lâcheté ? Pourquoi ne fait-il point fusiller ou empoisonner avec un poison foudroyant ? Est-ce hypocrisie d'un homme qui veut tromper l'histoire et obtenir des circonstances atténuantes, en déguisant le meurtre, en remplaçant par d'horribles souffrances une balle ou un coup de poignard ?

De tels meurtres ne laissent pas de traces de sang sur le sol de la patrie. Le bourgeois qui se rend à ses affaires ne rencontre pas de taches qui le fasse frémir. Les cris d'angoisse n'ont point d'écho dans les fêtes publiques et les églises où l'on chante *Domine salvum fac impératorem!*

Ah ! le nom de guillotine sèche est trop vrai !

Nous ne sommes restés que trois jours au *Château-Rouge*. De là on nous embarqua pour l'île du Diable.

En nous quittant le geôlier nous dit : — Vous voyez comment on traite les hommes sans punition, jugez par là de la façon dont on traite les hommes punis. »

V

Sommaire : — Départ pour l'île du Diable. — Pourquoi les îles furent choisies par le gouvernement de préférence à toute autre partie du territoire. — Nouvelle hypocrisie. — Histoire d'un bon gouverneur. — L'île de la Mère.

Voici encore une hypocrisie :

On nous envoie aux îles du Salut, dit le gouvernement, parce qu'elles sont plus saines que le reste du territoire.

La ville de Cayenne est située dans une île de 25 à 30 kilom. de circonférence. Elle est formée par deux bras de mer et des rivières dont les courants entrecoupent la ville et servent de voies de communication. Par sa situation, la ville est peut-être moins saine que les îles, bien que la fièvre jaune, qui règne en moyenne six mois sur douze puisse, comme toutes les épidémies favorisées par le vent, sévir sur nos côtes tout aussi bien qu'à Cayenne.

De tout temps les habitants de cette ville, si cruellement éprouvée, plaignirent ceux que les ambitions et les violences gouvernementales envoyèrent à la mort dans la Guyane. Lorsque les premiers déportés, ceux de Cavaignac, arrivèrent à Cayenne, le gouverneur, excellent homme, les reçut avec compassion et ne se dissimula pas les regrets que causaient la catastrophe de Juin. Ils n'étaient que neuf. Il prit soin de les placer chez des commerçants de la ville. Peu de temps après, un navire de guerre débarqua un nouveau convoi de déportés. Cette fois les déportés étaient au nombre de soixante. Le gouverneur ne pouvant les placer, ainsi que les premiers, les envoya à l'île de la Mère; il fit ce qu'il pût pour adoucir leur sort. Tant d'humanité fut odieuse aux jésuites, assez nombreux dans la colonie; et peut-être ce fût à leur perfidie que l'on dût l'envoi de De la Richerie et de Bonnard à la place de directeur du pénitencier. Sous ces deux hommes tout changea.

La compassion des colons pour les victimes du gouvernement est donc une des raisons qui firent éloigner autant que possible les déportés de la ville de Cayenne.

D'autre part à l'internement, soit dans les Terres Noyées de l'est, soit à l'ouest, à Synamary, était reconnu comme d'une surveillance trop difficile.

Si la mort y eût accomplit plus rapidement l'*œuvre de pacification* de l'empire, par contre, les évasions y eussent été plus fréquentes et la mortalité chez les gardiens plus grande aussi. Puis il ne fallait pas, — puisqu'on a honte de ces déportations, puisqu'on veut conserver un faux air de philantropie, aux yeux des indifférents en Europe, — il ne fallait pas jeter ses victimes dans des contrées dont la renommée sinistre s'est vulgarisée, et se mettre en position pour répondre aux journaux étrangers qui protesteraient contre cette honte européenne de la guillotine sèche : — « Ah ! messieurs ! vous faites erreur. Nous sommes plus généreux que le Directoire. Nous déportons à la Guyane, il est vrai, mais nous choisissons pour séjour à nos condamnés les îles du Salut, la terre la plus saine de notre colonie. »

D'ailleurs, ainsi que vous le verrez par la suite, au temps où le gouvernemeut parût philantrope, pour combattre le bon air du nord passant sur les îles, on enlevait des détenus de temps en temps et on les faisait travailler, tantôt à Borda, tantôt dans d'autres marais du continent.

Quand on veut remonter aux origines des grandes cruautés perpétrées par les gouvernements, on voit que peu à peu la lâcheté enfonça pour elles ses racines; les gibets, ces *arbres de justice*, ainsi que les autres arbres, ne portent pas de suite tous leurs fruits; seulement celui qui les plante sait ce qu'il doit en récolter de cadavres, et il est tout prêt à leur servir de tuteur. Rien ne coûtait de paraître peu cruel tout d'abord en établissant le *pénitencier* de Cayenne, parce qu'on savait que l'on aurait la fièvre jaune à sa disposition, les supplices et le travail forcé, —

si les exécutés par la transportation faisaient mine de résister trop longtemps. — Ainsi à l'îlet de la Mère, les déportés, durant les premiers mois, ne furent point trop mal ; mais ensuite leur régime fût changé et depuis 1852 il alla toujours empirant.

Durant les premiers mois, le travail y était libre. Celui qui travaillait recevait de 75 cent. à 1 fr. 25 c. en moyenne. Dans la repartition des vivres envoyés de Cayenne, il était favorisé. On envoyait à l'îlet de la Mère quatre fois de la viande par semaine. Celui qui travaillait recevait de la viande fraîche ; celui qui refusait le travail, quel que fût son motif, ne recevait que de la viande salée.

Ce régime ne fût point de longue durée. On n'attendait qu'un prétexte pour l'aggraver, et voici celui que l'on saisit. Un détenu était malade, lorsqu'il fût en convalescence un de ses amis lui porta une demi-tasse de café. — Il y avait délit. Police, gendarmes, soldats de marine, arrivent sur l'îlet, ainsi que s'il s'agissait d'étouffer une révolte armée. — « Qui a porté cette tasse de café ? » — Pas de réponse.

On fait l'appel.

Hélas ! ce criminel était à l'autre extrémité de l'îlet, en train de travailler au jardinage !

Les gardiens de tout uniformes se répandent, cherchant, interrogeant, insultant, exécutant des ordres de provocation. Un des détenus, le citoyen Tassilier, n'ayant pas su résister à ces provocations, fut pris à la gorge par un gendarme et renversé.

Contre cette violence, les détenus présents appelèrent au secours ! Leurs cris sont entendus, les soldats et les gardes sont cernés ; ils craignent de ne pas être les plus forts. Le commandant demande main-forte aux repris de justice, ceux-ci refusent. Heureusement pour les soldats que les détenus ne pouvaient être longtemps les maîtres. Aucun coup ne leur fût porté.

Le lendemain quinze politiques furent enlevés et passèrent devant un conseil de guerre. Des gendarmes, des officiers de marine et des gardes-chiourmes, étaient seuls entendus comme témoins.

Là, l'odieux et le burlesque se mêlent au tragique, ainsi que dans toutes les pages de l'histoire de Napoléon 3.

Les gardes-chiourmes et les gendarmes déposent que le commandant, à son arrivée sur l'îlet, avait été entouré par les détenus, que ceux-ci lui avaient enlevé son épée et arraché ses épaulettes. — Et après cette déposition survient le commandant qui déclare que sur l'îlet il n'avait point d'épée, qu'il ne portait qu'une canne, et qu'étant en veste, il n'avait pas ses épaulettes.

Le citoyen Tassilier, signala au conseil ce faux témoignoge flagrant, et ce fût pour son bon cœur l'occasion de mettre au service de ses amis une véritable éloquence.

Le faux témoignage ne fut pas pris en considération ; sept des détenus furent condamnés à cinq ans de boulet et immédiatement transportés aux travaux forcés de l'îlet Saint-Joseph.

En moins de mots : *Sept furent condamnés à mort par les travaux*. Le travail forcé, — nous le verrons, — c'est la mort.

A partir de cette exécution préliminaire, des rigueurs à peu près égales à celles du bagne de Saint-Joseph, sévirent sur l'îlet de la Mère. La mortalité devint plus forte. Les peines les plus cruelles furent appliquées, pour la désobéissance la plus légère, pour la moindre irrégularité dans l'accomplissement des ordres du commandant, ou d'un gardien.

Les détenus complotèrent plusieurs évasions, et à ce sujet je ne puis mieux faire que transcrire la lettre d'un d'entre eux, écrite à New-York, après l'évasion de janvier 1853 :

« New-York, 6 janvier 1855.

« *A Monsieur le rédacteur du* COURRIER DES ETATS-UNIS.

« Monsieur,

« Vous avez inséré, il y a quelque temps, une lettre qui parlait de l'évasion de douze déportés politiques de l'île de la Mère (Guyane française). Ce drame est aujourd'hui terminé ; j'espère, monsieur, ne pas être trop importun en vous priant d'insérer cette nouvelle lettre, qui donnera à nos amis d'Amérique tous les détails sur cette évasion. La haine n'entrant nullement dans mes principes, je raconterai seulement les faits, sans commentaires.

« Depuis leur départ de France, les déportés de Cayenne supportaient avec peine les mauvais traitements de leurs gardiens ; mais, grâce à de sages exhortations, aucun désordre n'eût lieu pendant toute la traversée. Arrivés à l'île de la Mère, leurs peines redoublèrent. Il ne se passait pas un jour où M. Dubourg jeune, conducteur des ponts et chaussées, nommé gouverneur de l'île de la Mère, ne nous menaça des fers ou de la fusillade, et cela sans le moindre prétexte. Les cœurs que n'avaient pas pu abattre encore de cruelles souffrances, se révoltèrent de cette conduite et résolurent de mourir ou de reconquérir leur liberté.

« Plusieurs plans d'évasion furent formés. Il s'agissait d'abord de s'emparer de M. le gouverneur-général et de son état-major dans une de ses visites à l'île; avec des otages aussi précieux rien n'était si facile que de s'embarquer tous à bord du vapeur et de gagner l'Amérique, où nous étions certains d'être bien accueillis. Quelques instants avant l'action plusieurs des principaux conjurés refusèrent d'agir dans la crainte d'une résistance sérieuse, et par suite de l'effusion du sang. D'ailleurs l'espoir de rentrer dans leurs familles, dont ils étaient les soutiens, arrêta beaucoup de pères. Un autre plan plus vaste fut conçu : c'était de nous emparer de la Guyane, en donnant la main aux noirs. Je crois qu'il est de mon devoir de n'en pas dire davantage à ce sujet : mes amis comprendront pourquoi...

« Les projets d'évasion générale ayant échoué, douze hommes se réunirent le 8 septembre 1852 et préparèrent le plan d'une évasion partielle. A dix heures du soir, deux d'entre eux allèrent au télégraphe et brisèrent les signaux. Après la ronde des gendarmes dans les barraques, les douze proscrits sortirent bien doucement de leurs chambres et se dirigèrent, chacun avec un petit paquet sous le bras, au lieu du rendez-vous. Là étaient cachés un petit sac de biscuits, des sabres d'abordage et quelques ustensiles de charpentier. Le tout fût embarqué sur un petit canot qui fût poussé au large en nageant.

« Pendant ce temps Barthélemy, un de nos meilleurs nageurs, allait enlever une seconde barque, qui était à une portée de pistolet de la maison du gouverneur et des pilotes. Alors nous nous dirigeâmes tous ensemble, les uns à la nage, les autres en poussant les canots, vers les deux grandes chaloupes-pilotes qui étaient au large. Après des peines inouïes, les ancres furent levées, les voiles crochées, et nous prenions le large traînant à la remorque toutes les barques. Une heure après nous faisions couler à fond tout ce qui nous était inutile, et nous faisions voile vers l'ouest, sans carte, sans boussole et sans vivres, si ce n'est cinq livres de biscuit, des pommes de terre crues qui se trouvaient par hasard à bord, quatre dames-jeannes de vin et deux pots de moutarde, mais pas une goutte d'eau.

« Tout alla assez bien la nuit, et, dès le point du jour, nous pûmes réparer les désordres qui existaient dans notre voilure. Nous marchâmes dès lors rapidement et nous croyons déjà être sur les terres hollandaises, lorsque nous aperçûmes les îles du Salut. Nous perdîmes un temps précieux en voulant reconnaître ces rochers, et nous ne fûmes pas peu surpris dentendre le canon d'alarme. Nous reconnûmes alors notre erreur, et nous prîmes chasse devant un canot de guerre envoyé à notre poursuite par le stationnaire des îles du Salut, avec ordre de nous tirer *dessus sans sommation*. (Ce fait nous a été certifié par le mécanicien du *Voyageur* et par trois de nos camarades évadés après nous.) Notre chaloupe filait bien et était parfaitement doublée en cuivre.

« Nous nous engageâmes dans les brisants de Synamaries, où il fût impossible à nos ennemis de nous poursuivre. La nuit mit fin à la chasse, et nous nous croyons sauvés lorsque nous fûmes arrêtés court par des bancs de sable. Nous aperçûmes alors le feu d'une goëlette qui nous donnait la chasse. C'étaient des gendarmes, mais ils ne nous voyaient pas et ils ne pouvaient pas nous approcher à la marée basse. A trois heures après minuit, l'eau monta et vint nous délivrer de notre prison de boue et des gendarmes; nous tirâmes une bordée de huit heures au large, et dès lors nous ne fûmes plus inquiétés. Après quatre-vingt-deux heures de course, nous étions à Brandwarscht, premier poste hollandais. Nous fîmes signal de détresse et l'on vint à nous.

« Nous demandâmes de l'eau et des vivres, et trois hommes débarquèrent pour aller chercher des provisions. Le commandant du poste était absent : c'est un résident hollandais qui nous reçut. Il nous vit dans une position qui lui donna des doutes à notre égard; il crut que nous étions des forçats échappés des îles du Salut, et nous dit qu'il croyait de son devoir de nous faire arrêter. Je lui fis alors cette déclaration : « Nous sommes douze prisonniers de guerre échappés de l'île de la Mère. Malgré vous, nous pourrions aller plus loin; votre poste est trop petit. Mais je vous déclare que, à cause de vos doutes, nous n'irons pas ailleurs. Nous nous mettons sous la protection de la Hollande, en vertu du droit des gens. » Le résident nous dit alors que si réellement nous étions des déportés politiques, nous n'avions rien à craindre de la Hollande, que nous pouvions nous remettre entre ses mains. Il me fit une déclaration écrite que nous ne serions pas rendus, et je fis débarquer mes camarades.

« Le lendemain M. Maïs, le commandant, vint. C'est un français. Il nous soigna comme des frères et nous garda chez lui trois jours pour nous faire oublier nos souffrances. Nous fûmes ensuite conduits à Paramaribo, où nous avons été reçus *comme étrangers arrivant sans passeports*. L'Heldin nous fût assigné comme résidence et Paramaribo comme prison. Pendant ce temps M. le gouverneur prenait toutes les précautions nécessaires pour s'assurer de notre identité, et le 2 décembre le gouverneur hollandais nous mettait en entière liberté.

« Pendant notre séjour à Paramaribo, trois autres républicains s'échappaient de Cayenne et entraient au fort hollandais, sous le pavillon américain. M. de Troyon, commandant du brick français *le Voyageur*, venait les réclamer le lendemain. Mais une réunion de tous les capitaines américains eût lieu chez le négociant remplissant les fonctions de consul, et il fût décidé que tout prisonnier politique qui avait mis le pied sur un navire américain était libre. Des mesures furent prises pour que nos amis fussent bien traités à bord, et trois jours après ils faisaient voile pour Boston.

« Frères d'Amérique, j'ai maintenant un appel à faire à votre cœur. Onze de mes camarades sont resté avec une grande répugnance dans la Guyane; tous désirent venir en Amérique; ils ont besoin d'une nouvelle patrie libre! Ils ont besoin de serrer la main à des amis. N'y aurait-il pas moyen de venir à leur aide? Je ne fais que poser la question : les cœurs grands et généreux des Américains et des Français d'Amérique la résoudront, j'en suis certain!

« Mes camarades sont tous de bons soldats de la démocratie universelle; tous sont jeunes et actifs et possèdent des états.

« Voici les noms des douze déportés libres :

« 1. Reusse (Jules), cuisinier, parisien, resté à Surinam;

« 2. Billiard (Gilbert), boulanger, de l'Allier, resté à Surinam;

« 3. Barthélemy (Jacques), boulanger, resté à Démérary, possess. angl.;
« 4. Tournaire, cordonnier, de l'Ardèche, — idem.; —
« 5. Siol (Albert), carossier, de l'Ardèche, — idem.; —
« 6. Brulat (Joseph), horloger, des Basses-Alpes, — idem.; —
« 7. Beulet, propriétaire de l'Ardèche, — idem.; —
« 8. Lemaitre (Louis), soudeur, de la Nièvre, — idem.; —
« 9. Miaille (Henri), jardinier, de Vaucluse, — idem.; —
« 10. Cadenes (Louis), mécanicien, de Marseille, — idem.; —
« 11. Yssery (Joseph), tuilier, du Gard, — idem.; —
« 12. Riboulet, professeur, du Jura, à New-York.
« Les trois évadés sont :
« Glorieux, entrepreneur ;
« Quesne, publiciste ;
« Chambonnière, professeur.
« Je suis avec respect, monsieur le rédacteur, le délégué des douze,

» Riboulet,
» Instituteur du degré supérieur. »

Cette lettre omet un détail assez piquant. — Quand le lendemain de leur départ ils se retrouvèrent en face des îles du Salut, et qu'un coup de canon d'alarme se fit entendre, un d'eux remarquant le pavillon que portait encore leur bateau, s'écria : — « Ployez le bleu et le blanc du drapeau, laissez le rouge ! Il ne sera jamais mieux porté ! »

Le citoyen Jules Reusse est encore aujourd'hui à Paramaribo.

VI

SOMMAIRE : — Régime de l'îlet Saint-Joseph. — Nourriture. — Travaux forcés. — Provocations à subir. — Cruauté des gardiens ; ses causes. — Le docteur Chabassu. — Nature des travaux ; résultats obtenus. — Départ pour l'île du Diable.

Que devinrent, après le jugement prononcé par le conseil de guerre, les détenus de l'îlet de la Mère ? — Suivons-les.

Ils furent les premiers qui furent établis sur l'îlet Saint-Joseph.

On se souvient que sept d'entre eux avaient été condamnés au boulet ; leurs amis emmenés avec eux à Saint-Joseph partagèrent leurs travaux.

Saint-Joseph n'est pas éloigné de l'îlet Royal, et la garnison de cet îlet peut veiller sur Saint-Joseph. On installa donc point sur ce nouveau pénitencier de casernes de gardes.

Le travail y fut ordonné gratuit et obligatoire. Qui le refusait était passible de la peine du poteau, — peine dont nous verrons plus loin la description, — et du cachot. C'est ainsi que le citoyen Tassilier fut envoyé à l'îlet Royal, subit quinze jours de poteau et demeura 18 mois dans un cachot du Château-Rouge.

Je prie ici le lecteur de se rappeler que ces hommes, traînés aux travaux forcés n'avaient été, en France, condamnés qu'à la transportation. Je le prie aussi de se souvenir des décrets en vertu desquels ils furent transportés.

Je continue.

Tel fut le régime inauguré à Saint-Joseph. A cinq heures et

demie, appel ; — déjeûner composé d'une soupe à la graisse qui n'est guère mangeable ; — à six heures, travail. A onze heures, rentrée aux cases; dîner. Le dîner se compose d'une soupe au lard, d'une livre et demie de pain, fait le plus souvent avec la dernière qualité de farine de manioc, appelée *conaque*, et d'un quart de vin. — A une heure, travail. A six heures, rentrée aux cases ; souper. Pour le souper l'on distribue des légumes secs vermiculés, ou de la morue. — Par jour chaque détenu reçoit une ration d'eau d'un litre. L'eau est saumâtre.

Voilà la vie en somme.

Certes, si les rapports sur l'existence faite aux condamnés politiques, que de Cayenne l'on adresse à Paris, ne contenaient que ce sommaire, certes le gouvernement ne se serait point longtemps tenu pour satisfait ! — Mais examinons ce régime. — En écartant des considérations morales, qu'il me faudrait répéter sans cesse et que j'ai présenté plus haut, — voyons si nos ennemis ont été si mal habiles, — voyons si la vie était organisée par une douceur contradictoire avec le décret de décembre, la fièvre jaune et la dyssenterie.

De six heures à onze heures : travail. — Cinq heures de travail au soleil ! Cependant personne n'ignore que, de dix heures à midi, dans des climats beaucoup moins chauds que celui-ci, — qu'en Italie, en Espagne, la chaleur suspend le travail des champs. Eh bien ! passons sur ces cinq heures, mais que dirons-nous des cinq heures de travail qui suivent !

Quand les premiers rayons ont bu toute la fraîcheur des nuits, que vous êtes dans votre case, fatigué de cinq heures de travail, manquant d'air, étouffant, vous pâmant, — alors que la chaleur fendille le sol, qu'il règne dans la nature une sorte d'accablement semblable à de la terreur, — que l'ombre manque, — que le soleil frappe perpendiculairement, — il vous faut sortir, reprendre la pioche et la brouette, aller travailler encore cinq heures !

Si votre chapeau tombait, un rayon de soleil vous rendrait fou.

Le soleil vous grille la peau. Ce n'est pas une sensation pénible de chaleur que vous sentez, c'est une cuisson douloureuse. La terre desséchée, quand vous en êtes réduits à poser votre pied nud sur sa croûte ardente, vous enlève l'épiderme.

Que vous semble de l'application de la peine des travaux forcés ?

Plus d'un, chaque jour, tombe vaincu par la fatigue ou frappé de maladie foudroyante. Ils sont relevés, par les gardes-chiourmes, à coups de pied et à coups de bâton.

Et comment en serait-il autrement? Des gardes-chiourmes seraient-ils appelés à donner à leurs maîtres l'exemple de la clémence?

Un jour un des condamnés politiques avait la dyssenterie à ce degré qu'il ne pouvait faire dix pas sans s'arrêter. Pour tout dire, en vingt-quatre heures, il alla soixante fois à la selle. Il fut maltraité par les gardes-chiourmes, il ne pût maîtriser sa colère, on lui mit les poucettes, et on les lui mit si bien que *les os de ses pouces en ont été brisés*. Sa faiblesse extrême empêcha seule de le lier au poteau. Il fut au nombre de ceux qui, plus tard, parvinrent à s'évader ; il est aujourd'hui en Amérique, il porte encore les cicatrices de ses blessures.

Dois-je parler encore de la mauvaise qualité des vivres?

L'empoisonnement dont fut victime G. Lapierre n'en témoigne-t-il pas suffisamment? — Encore un trait cependant :

Un jour un détenu jeta un morceau de lard à un chien, et le chien en creva dans les vingt-quatre heures.

Pourrai-je donner à ceux qui, en Europe, n'ont à souffrir que du ton rogue et suffisant d'un employé, ou du ton impératif d'un patron, l'idée de la peine qu'endurent sur l'îlet Saint-Joseph tous ces hommes qui se sont épris de liberté, tous ces caractères fiers et portant en eux, avec la conscience de ce qu'ils ont tenté et de ce qu'ils souffrent, avec la conscience du courage qu'ils ont à ne pas crier grâce à leurs bourreaux, — ces caractères portant en eux toute la dignité des peuples écrasés ou courbés sous le despotisme? — Pourra-t-on s'imaginer ce qu'a de cruel pour ces nobles natures le contact perpétuel avec le garde-chiourme et le gendarme? Se résoudre à n'être plus qu'une machine manœuvrée par de telles mains et placée sous de tels regards ! Entendre sans murmurer les injures les plus grossières et obéir aux ordres les plus stupides ; et cela pendant des années, chaque jour, pendant plus de dix heures !

Sans doute on s'élève, et l'on se console presque toujours par le mépris. Sans doute, tout impossible quelle est, on rêve l'évasion, et par ce rêve l'on se soutient, non moins que par l'espoir de la Révolution ; mais aussi il arrive que l'extrême épuisement physique, ou l'acuité des douleurs, font se détendre la volonté. Alors on laisse s'échapper un cri, on fait un geste de rébellion, et les châtiments les plus terribles vous atteignent... quand immédiatement vous n'êtes pas frappé d'un coup mortel.

Vous tombez sous le bâton du gardien, et vous n'êtes pas le plus cruellement atteint. Non, car dans l'âme de vos amis, témoins du crime, éclatent des orages de colère, qu'ils sont obligés d'étouffer. Hélas ! que feraient-ils pour vous? Leur révolte ne pourrait qu'aggraver votre position et les faire fusiller, ou encore mourir sous les coups de bâton. — En vérité, ces souvenirs m'effraient. Certains actes sont d'une monstruosité telle que ma mémoire me semble ranimer les hideux fantômes d'un cauchemar. — A une torture s'en ajoute une autre, elles s'enchaînent à l'infini...

Ainsi, non-seulement le détenu doit maîtriser son indignation, mais il doit rester sourd et aveugle aux provocations incessantes de ses gardiens. Gardes-chiourmes, commandant, gouverneur, officiers d'infanterie et du génie rivalisent à qui trouvera le moyen le plus habile, le mot le plus révoltant, pour vous forcer à sortir de votre réserve, vous arracher une parole amère, un refus, un geste d'impatience ou de mépris, et vous envoyer au supplice.

Combien faut-il de coups de corde appliqués sur les reins d'un détenu politique pour faire une épaulette d'officier?

Quelques personnes s'étonneront peut-être de lire ici que des officiers soient cruels, aussi bien que des gardiens de bagne, non gradés?

La cruauté est le vice que l'on comprend le moins. On ne s'explique pas comment un homme qui, dans les relations ordinaires ou dans sa vie de famille, se montre d'un caractère facile et bienveillant, peut faire, dans certaines circonstances, un excellent bourreau. Cela nous mènerait un peu loin si nous voulions ici expliquer comment, sans passion qui le fanatise et lui voile les yeux de pourpre, un homme s'habituant à ne vivre que dans son intérêt personnel et à représenter, dans sa conscience, cet intérêt égoïste sous les traits d'une vertu : — Obéissance aux lois, honneur du drapeau, etc., — arrive, au moment donné, d'accomplir un acte féroce, à se pénétrer de son intérêt égoïste habilement couvert du prestige d'une vertu.

Puis suivez-le bien de son point de départ à l'accomplissement de l'acte de cruauté.

« Ce n'est pas pour mon avancement en grade que j'agis, c'est pour obéir à mon pays. » Cette prémisse sent son hypocrisie d'une lieue; la nature en lui proteste sourdement contre le sophisme de son esprit. L'homme murmure au soldat : tu fais mal. — Que faire? — Eh! n'a-t-il pas sous les yeux des exemples vivants de ceux qui ont obéi à la voix de leur conscience?... Il frappe!

Mais en frappant la conscience plus haut murmure encore. Il frappe de nouveau et plus fort. Il lui semble qu'il pourra l'étouffer dans le sang de sa victime. Il lui semble qu'il faut aguerrir ce reste timoré de l'homme moral; et qu'il est des excès qui rendront muette sa conscience. De même que trop souvent, aux yeux d'un peuple, un crime parvient à se dérober par son excès et donner à la raison publique le vertige de ses profondeurs.

Alors l'instruction, alors la délicatesse de la sensibilité, toutes ces ressources pour le bien, servent pour le mal. Que dire ensuite de ces natures brutales, véritable dogues de combat, véritables taureaux du Cirque, qui rompaient leurs rangs ou leurs laisses pour faire du zèle? Pour ceux-là, et ils sont nombreux, tuer martyriser, c'est accomplir strictement un devoir.

Tout soldat sur les îles est l'exécuteur contraint ou zélé des hautes œuvres de l'empire.

Je reviens à la vie que le règlement du pénitencier infligea d'abord sur l'île Saint-Joseph.

Les détenus sont conduits au travail par les gardes-chiourmes; — chaque garde commande un détachement de dix hommes. La rébellion est prévue par la présence de 40 soldats d'infanterie de marine et une vingtaine de gendarmes. Le *Moniteur* a publié ceci au sujet du travail des détenus politiques :

« S'il s'agissait maintenant de comparer le régime de travail imposé à ces transportés à celui qui est le partage des condamnés proprement dits sur les pénitenciers de la Guyane, on verrait qu'il n'y a aucune analogie dans le traitement et dans le sort des uns et des autres. Le travail des forçats est réglementé, strictement obligatoire, toujours gratuit et sérieusement productif. Il a toujours été obtenu aussi régulièrement que l'ont permis les épreuves du climat. C'est avec les bras des forçats qu'ont été créés les établissements de l'île Royale, de la Montagne-d'Argent et de la Comté. Sur les deux premiers, les constructions provisoires en bois (casernes), hôpitaux, magasins, travaux défensifs, puits et citernes ont été presque entièrement remplacées par des édifices ou constructions en briques et en pierres. Sur le troisième, deux établissements ont été créés à Sainte-Marie et à Saint-Augustin ; on en crée en ce moment deux autres. Il y avait en juin 1856 :

A l'île Royale.	919	forçats blancs.
A l'îlet la Mère.	221	—
A la Montagne-d'Argent.	189	—
Dans la Comté.	858	—

« En juillet, deux nouveaux convois (environ 600 hommes) ont été installés à la Montagne-d'Argent.

« C'est par le travail de ces criminels, assistés de 2 ou 500 repris de justice et d'environ 150 forçats noirs, qu'ont été réellement créés et que se poursuivent les pénitenciers, sous la direction aussi habile que persévérante des officiers et agents chargés de la direction de ces établissements. Les nécessités mêmes de cette installation, si cruellement compliquée par les obstacles de la fièvre jaune et du climat en général, expliquent comment les travaux de culture, sans avoir été négligés, sont encore peu productifs. Quant à la catégorie des transportés soi-disant politiques, on peut bien dire que, sauf de rares exceptions, elle n'aura guère paru à la Guyane que pour y donner le spectacle de son inertie et de son inutilité. »

Avec quelle *habileté* le *Moniteur* passe sous silence le sort des détenus sur l'île Saint-Joseph !

Voici les faits que nous opposons à ses mensonges et à ses réticences : Les détenus de l'îlet de la Mère, envoyés sur l'îlet Saint-Joseph, défrichèrent et plantèrent cet îlet entièrement en 14 mois, (1853-1854). Au contraire, sur l'îlet Royal, occupé par des condamnés non politiques, 800 forçats ne sont point seulement parvenus à produire assez de légumes pour la table du commandant de l'île, qui envoyait aux provisions à Saint-Joseph.

Etait-ce pour *donner aux gardes-chiourmes le spectacle de leur utilité*, que les déportés politiques travaillaient si bien ? Point si bêtes. Ce n'était point non plus pour fournir de bons plats à M. le gouverneur qui, par un été où la sécheresse était excessive et faisait souffrir les détenus du manque d'eau, arrosait les légumes de son jardin avec de l'eau douce !...

Pendant l'année 1854, ce défrichement causa la dyssenterie chez la plupart. Creuser, brouetter de la terre, déplacer des roches sur un îlet sauvage, très-accidenté, pendant dix heures d'une chaleur de 50 à 55 degrés, avec une mauvaise nourriture ; en voilà plus qu'il n'en faut pour rendre malade le plus robuste terrassier.

Sur 180 détenus qui entrèrent à l'hôpital... Retenez bien ce chiffre !... Sur 180 qui, cette année, entrèrent à l'hôpital, 50 en moururent!!...

Un mourût fou. C'est le citoyen Guerbet de Clamecy, homme aimé de tous ses compagnons d'infortune, aimé dans son pays, estimé même de ses ennemis politiques.

Un malade, — le citoyen Faiteau, — étant à l'hôpital, s'obstinait à ne vivre ni mourir. Cela parût indigner le docteur, M. Chabassu, qui le traita de traînard, de paresseux, et le renvoya sur l'îlet Saint-Joseph, au travail. Le lendemain le docteur de Saint-Joseph fit embarquer de nouveau le malade pour l'hôpital.

Douze heures après sa rentrée à l'hôpital, le malade était mort !...

Peut-être pensez-vous que ce meurtre fut commis par indifférence, ou par ignorance, ou par un mouvement de brutalité? — Heureusement pour vous, vous ne connaissez point le docteur Chabassu ! Sans même attendre une observation à ce sujet, il dit près du lit vide de sa victime : « *Si j'ai agi à son égard avec une telle rigueur, c'est qu'il était dangereux et avait contre lui des jugements antérieurs.* »

Ainsi cet individu, de son autorité privée, jugeait, condamnait, assassinait.

Il me reste encore un détail à donner sur la vie des condamnés sur l'îlet Saint-Joseph :

Chaque samedi les détenus sont passés en revue. Ils doivent s'y présenter les jambes nuës, les pantalons relevés sur les genoux. Une seconde revue est passée le dimanche. Elle se termine par un défilé des condamnés devant le commandant et le lieutenant ; le salut à ces *messieurs* est obligatoire. En conservant cet ordre on se rend à une petite chapelle. Les victimes, de même quelles entendirent *vive l'empereur* en français, entendent *gloire à Dieu* en latin. C'est singulier d'entendre chanter par de la canaille les louanges d'un être tout-puissant et, dit-elle, tout de bonté ! On n'épargne ni la messe, ni le sermon. Un jésuite monte en chaire, fulmine contre les libres-penseurs et les protestants (les protestants !) et souvent va jusque l'insulte. Qu'a-t-il à craindre.

Enfin, l'un des détenus parvint à faire passer des protestations en Europe. Une arrivée à son destinataire, Louis Blanc, fut remise par lui au *Times* et fut insérée. Le gouverneur, le contre-amiral Bonnard s'en émût. — Pour quelque temps donc, grâce à cette insertion de la protestation, le sort des détenus de Saint-Joseph changea.

Le citoyen P. Séroude, évadé de Cayenne en 1856, raconte ainsi ce changement : « Le gouverneur nous dit :

— « Je vous mets sur l'île du Diable sans surveillants, je vous donnerai des matériaux, vous vous construirez des cases, vous ferez des jardins, etc.

— « Mais, dit De la Richerie, ils vont tout abîmer dans mon île !

— « Je m'en f..., répliqua Bonnard.

— « Mais, M. le gouverneur, ajouta De la Richerie qui ne se tenait pas pour battu, ils chercheront à s'évader.

— « Eh bien ! dit le gouverneur, vous savez quel sort les attend dans la vase et les palétuviers. »

Quelques jours après cet entretien, la décision de Bonnard fut mise à exécution. De la Richerie, comme on le verra bientôt, réussit à reprendre la plupart de ses victimes dans un piége qu'il leur tendit. Il n'est pas bourreau à lâcher facilement sa proie. Cet être, que les déportés surnomment si justement le *chat-tigre*, a en effet du plaisir à torturer les malheureux que confie à ses griffes la philantropie impériale.

VII

Sommaire : — L'île du Diable. — Installation. — Projet d'évasion. — Comment on était gardé sur l'île du Diable. — Première tentative d'évasion. — Seconde tentative d'évasion. — Visite de Bonnard. — Un traître. — L'amiral Baudin. — Solennité bonapartiste. — Nous faisons envie aux gardes-chiourmes. — L'alerte. — Le poteau. — Les marais de Borda. — La question par la faim.

Sur cette île, pendant quelque temps, la situation des transportés fut moins affrense. L'île jusqu'àlors était restée inculte et inhabitée, mais par le travail elle devait devenir fertile. Un petit bois de bananiers, situé à peu près au milieu de notre nouveau *domaine*, nous fut d'abord d'une grande utilité. Les déportés se mirent bientôt à tout *abîmer sur l'île de M. de la Richerie.* Une partie de son aspect sauvage disparût. Des jardinages furent créés. On sema des pastèques, des patates, du maïs. Bonnard envoya des matériaux pour construire des cases. Le travail fut libre et par conséquent débarrassé de la surveillance des gardiens. Tous les mardi, jeudi et samedi on apporta aux colons *involontaires* des vivres de Cayenne. Ces vivres étaient les mêmes que ceux de Saint-Joseph; heureusement qu'au bout de peu de temps les produits du jardinage purent y suppléer en partie. L'eau douce manquait, on n'en donnait qu'un litre par jour pour chaque homme, et le plus souvent elle était mauvaise. Le contre-amiral Bonnard, ainsi qu'on le voit, faisait en quelque sorte son *meâ culpa* des cruautés exercées sur l'île Saint-Joseph; nous entrions dans une phase de douceur. On permit encore qu'un cantinie vint de Cayenne nous vendre du tafia, du fil, des aiguilles, des plumes, du papier. Enfin, nos ressources alimentaires ne se bornaient point aux produits de notre culture ; nous avions encore la pêche et la chasse !...

La pêche nous était fort difficile, les moyens ordinaires nous étaient presque tous interdits. La mer, de ces latitudes, je l'ai dit plus haut, est peuplée de poissons dangereux. La colonie, d'ailleurs, a de quoi les attirer ; il est des jours, dans la saison des fièvres, où l'on jette de dix à vingt cadavres à la mer. Ainsi il est dangereux de laver son linge au flot, il est téméraire d'y baigner ses jambes. Les murènes et les requins circulent le long des bords. Pour pêcher et éviter la rencontre de ces amis de l'ordre européen nous avions, dans une anse très-étroite, au midi, dans les rochers, formé un réservoir qui pût être rempli par la marée la moins forte. Là, quelquefois le hasard nous apportait du poisson. Pour le prendre nous descendions dans le réservoir et nous le fatiguions. Nous trouvions principalement du rouget. Malheureusement nous étions beaucoup à table !

La chasse était moins régulière et surtout moins fructueuse. En fait de gibier, nous n'avions que quelques lézards et de loin en loin, un serpent. Ces animaux ne sont pas faciles à prendre, mais du côté de la férocité, je crois leur réputation surfaite, tandis que du côté culinaire, elle n'est pas au degré qu'elle mérite.

La première pensée qui vint à l'esprit de tous, quand Bonnard eût déclaré qu'il ne mettrait aucune garde sur l'île, fût la pensée d'une tentative d'évasion.

Ce que j'ai à dire maintenant est extrêmement grave. Il me faut du courage pour l'écrire, mais si je n'épargne point les bourreaux, je ne vois pas pourquoi j'épargnerais ceux qui de loin, témoins indifférents des souffrances de Cayenne, furent moralement leurs complices.

Je l'avouerai, j'ai hésité à écrire les vérités cruelles qui vont suivre ; mais j'ai honte de mon hésitation, nous nous devons à la vérité avant tout.

Si je consigne ici cet aveu d'hésitation c'est que je veux donner la mesure de la peine que me cause l'accusation que j'ai à formuler contre des hommes qui se sont couchés sous le drapeau avec lequel, toujours debout, mes amis et moi, nous avons combattu et nous avons souffert.

Généralement on se représente le pénitencier entouré de forts qui le rendent innaccessible. On se figure des batteries, toujours prêtes et commandant la mer à l'entour. Selon la même supposition, des sentinelles sont échelonnées le long des côtes, des casernes de gardes-chiourmes et de soldats sont établies sur chaque îlet ; des vapeurs de l'Etat sont dans la rade en surveillance.

Toutes ces suppositions sont très-naturelles. L'importance du pénitencier, la compassion qu'il inspire dans les deux mondes, ne pouvaient faire croire que le *Moniteur* eut dit une seule fois la vérité, surtout alors qu'il disait :

« M. le contre-amiral Bonnard décrivait ainsi le régime des transportés à l'île du Diable, dans sa correspondance de mars et avril 1855 : « Je leur ai affecté en propre l'île du Diable où il y avait été élevé quelques baraques. Je leur ai livré des matériaux pour compléter leurs installations, auxquelles ils se sont mis avec toute l'ardeur qu'inspire la nouveauté. L'île du Diable se trouve, en ce moment, sous l'œil vigilant de M. de la Richerie, sans un seul garde ou gendarme. J'ai eu soin seulement de leur enlever les embarcations et tous les moyens d'évasion. »

— Oui, cela est vrai.

Nul gendarme, nul garde ne couchait sur l'île du Diable jusqu'à ce que l'évasion, dont je fis partie, se fut accomplie en 1856. — Oui, l'œil vigilant, très-vigilant de M. de la Richerie veillait sur nous, oui, il y avait bien sur l'îlet Royal, une prison-caserne : le Château-Rouge, mais sur l'île du Diable il n'y en avait pas !

On visitait plus ou moins notre île, mais on ne l'avait pas encore armée contre une tentative qui aurait pu être faite du dehors.

Et que fallait-il pour nous arracher à la mort ? — Oh ! rien...... un canot de bonne volonté.

Un navire quelconque passant par là pouvait une nuit, trompant le vaisseau pilote, envoyer un canot à l'île du Diable, et nous étions sauvés !

Il ne fallait alors ni canons, ni fusils, il ne fallait qu'une embarcation et le désir de tirer des mains de M. Bonaparte des hommes qui avaient été pris, au giron de la justice trahie, par des soudarts ivres, durant la nuit de décembre.

N'est-ce pas cruel à dire ?

Quoi ! parmi tant d'individus qui ont reçu des cotisations de nos frères et des pays voisins, pour venir en aide à la partie militante et souffrante de l'armée révolutionnaire ; quoi ! parmi tant d'individus, dont les noms ont été presque sacrés par la démocratie trop confiante, et qui, dans leur fortune personnelle ou celle de leurs amis, peuvent facilement trouver la somme nécessaire au loyer d'un navire ; aucun n'a songé à nous ou n'a voulu nous délivrer !

Tombés à leur côté ; ils nous ont regardé dans notre chute et notre agonie et pour je ne sais quelles préoccupations secondaires, ils ne nous ont pas tendu la main !

Ah ! j'en connais, j'ai hâte de le proclamer, j'en connais de nobles cœurs, j'en connais des hommes courageux dans les sacrifices et d'argent et de sécurité, qui s'ils avaient pu être renseignés, pauvres, eussent quêté sou par sou, la somme nécessaire pour sauver de la mort plusieurs centaines de leurs frères.

Ce n'est pas l'humanité que j'accuse, c'est l'ambition masquée de générosité démocratique de quelques individus.

Il en est qui, à même de voir des gens en commerce, en relation avec la Guyane, pouvaient se renseigner sur les difficultés d'une évasion.

Il en est qui pouvaient louer un navire ; les hommes de bonne volonté n'auraient pas manqué pour les suivre, ou pour les précéder. — Combien eût couté un navire ? De huit à dix mille francs !

— Chaque homme qui est mort là bas ne valait-il pas d'avantage ?

— Ceux qui auraient accompli cette bonne action étaient dans l'impossibilité ; ceux qui pouvaient l'accomplir, n'ont rien fait ! — Dans quel mépris Bonaparte les tenait déjà ! il ne daignait pas se méfier de leur générosité.

Les pamphlets ont plu ; les articles de journaux n'ont pas manqué ; des paroles, toujours des paroles... tels sont les fruits de nos traditions gouvernementales et parlementaires.

— « Aide-toi toi-même ! » Et sans compter sur des secours d'Europe, chacun songea aux moyens d'évasion.

Cinq ou six de nos camarades construisirent une petite embarcation ; mais cet ouvrage de la précipitation et de l'inexpérience se brisa lorsqu'ils la mirent à la mer. Tout le monde voulût dès lors se mettre à l'œuvre pour une seconde tentative. On s'assembla, et il fût décidé que l'on construirait une embarcation assez grande pour une évasion générale. Les dimensions de la goëlette furent fixés à 18 mètres 60 cent. de long sur 6 mètres de large. C'était grandiose. Cependant comme les craintes, en de semblables entreprises, croissent en raison des espérances, on résolut de prendre toutes les précautions possibles pour assurer à tous le secret et la tranquillité.

Une commission fut nommée pour prendre connaissance des lettres devant sortir de l'île, et toute communication d'un détenu avec les visiteurs fut interdite, à moins qu'un tiers ne put l'accompagner.

On se rappelle que les mardi, jeudi et samedi, un canot de Cayenne nous apportait des vivres; ces jours-là une visite était à redouter. Un prêtre venait quelquefois; des détenus s'engagèrent à lui tenir compagnie, et à l'écarter de l'endroit où l'on travaillait. Ils lui promirent même de construire une chapelle.

On commença par se fabriquer des outils. On fit une forge; on enleva ce que l'on pût du fer qui entrait dans la charpente des cases. On obtint ainsi des scies, des limes, et même un grapin! L'île n'était pas alors dévastée et le bois s'y trouvait en quantité suffisante. Tandis que les uns fabriquaient, les autres préparaient le chantier pour monter la goëlette. Ils avaient choisi pour emplacement une anse formée dans des rochers dont l'élévation pouvait cacher les travailleurs à la surveillance de l'îlet Royal, et même aux yeux du gouverneur, s'il lui prenait fantaisie de venir visiter l'île du Diable.

Un jour, en effet, Bonnard vint sur l'île. En se promenant il se dirigea du côté de l'ambarcadère. Des massifs de plantes et de liannes couronnaient les rochers et en rendaient le passage peu facile; mais un frisson nous prit, quand s'arrêtant et fixant ses regards vers l'endroit de notre construction il nous dit : « N'essayez point de vous évader; vous péririez infailliblement. »

Les visites ordinaires étant prévues, il nous était facile de faire disparaître, pour quelques instants, jusqu'aux traces de nos travaux.

Enfin, la goëlette fut montée! — Rien ne lui manquait : ni mâts, ni cordages, ni voile, ni grapin, ni pompe. Elle avait des vivres apportés pour trois jours, des patates et du maïs.—Hélas! nous avons été des ouvriers habiles, mais nous fûmes des marins maladroits : comme la première barque, en la lançant à l'eau, la goëlette se brisa !...

On la démonta aussitôt, on en mit de côté les pièces, et sans perdre courage on se décida à en faire deux canots capables de contenir chacun trente hommes. Deux canots devaient être plus faciles à lancer. Ayant une partie des matériaux tout prêts, l'expérience d'un premier travail, la certitude d'un succès prochain était dans tous les cœurs.

Un homme toutefois, faisait exception, c'était un nommé Prunier de Paris. Cet individu, que des causes étrangères à la politique avaient jeté aux îles du Salut, avait dépensé une fortune et sa jeunesse dans les débauches de Paris ; et la misère le trouvant dans les bras du vice avait mis le comble à sa dégradation. Jamais on ne lui avait reproché son passé, mais il avait de bonne heure senti pour les détenus politiques une aversion voisine de la haine. Tandis que l'on construisait les canots, il osa faire entendre que s'il pouvait il avertirait le gouverneur. Des précautions étaient prises pour l'empêcher d'écrire ou de communiquer avec les gardiens, cependant on n'était pas sans craintes.

Un des canots était achevé ; c'était un petit chef-d'œuvre. Alors Prunier mit son projet à exécution, se jeta à l'eau et fût à l'îlet Royal. Les résultats de sa délation ne se firent pas attendre. De la Richerie fit une descente sur l'île. Des bandes de gendarmes, de gardes-chiourmes, de soldats, paraissant partager sa colère, dévastèrent les plantations. Ils arrachèrent et coupèrent tout, bananiers et arbustes, buissons et légumes, jusqu'aux pastèques, tout y passa. Puis ils emmenèrent les deux canots, dont l'un au musée de l'îlet Royal, est encore visible pour les étrangers qui doivent en admirer la structure.

Prunier comptait sur sa grace. Il revint sur l'île, toutefois en l'attendant. Tuer cet homme eût été une vengeance dangereuse ; on n'exerça aucune représailles. Quelque temps après, il se jeta de nouveau à la mer pour aller trouver le gouverneur, un requin le rencontra et nous délivra de sa personne.

A la suite de cet échec, il y eût parmi les détenus quelque découragement.

Ce fut alors que débarquèrent les transportés du brick *la Fortune*. Ceux-ci, en arrivant, déclarèrent qu'ils allaient immédiatement s'occuper d'une nouvelle tentative.

Le repentir de Bonnard n'était point partagé. Que se passa-t-il entre Bonaparte et son agent aux îles, le contre-amiral Bonnard? Je l'ignore; mais en 1855, l'amiral Baudin fut chargé de sa mission de geôlier en chef. Ce coup-d'Etat de dix années, que l'on appelle gouvernement impérial, parce qu'aux violences d'un coup-d'Etat il a joint les vices les plus remarquables qui caractérisent tout gouvernement, ne peut tenir sous le masque les passions qui le dominent, et la vengeance surtout apparaît dans toutes ses justices.

Sans doute, les tentatives d'évasion devaient l'obliger à surveiller de plus près ses prisonniers; mais si, pour prolonger sa triste existence, il en est réduit à transporter et emprisonner tant de citoyens, la vengeance, l'exhaltation des instincts de cruauté, peuvent seules le pousser à torturer des ennemis désarmés.

Baudin, à son arrivée à Cayenne, visita l'île du Diable. Il résolut de soumettre les détenus au régime qu'ils avaient subi antérieurement sur l'îlet Saint-Joseph; et, après nous l'avoir déclaré, il ajouta : « *Si vous ne vous y soumettez pas, je vous ferai crever tous comme des chiens.* »

Mais bientôt, changeant de ton et de visage, avec la promptitude du maître, les geôliers en chef feignirent la clémence à notre égard. On nous promit une amnistie générale, à l'occasion de la naissance du *prince impérial*. Que penser de ces promesses? Elles furent d'abord accueillies avec méfiance. A chaque distribution de vivres on nous les répéta. Les gardes-chiourmes nous dirent même : « Nous voudrions bien être à votre place; nous serions sûrs de retourner en France. » Quand on eût enfin enflammé les imaginations, De la Richerie vint sur l'île et nous dit qu'il nous suffisait, pour être rendus à la liberté, d'une déclaration d'adhésion au gouvernement impérial, rédigée en trois lignes.

Ou crier grace ou mourir. On savait que le désir d'échapper à la mort, et non pas notre conscience, nous dicterait ces trois lignes. Nous étions des gens condamnés à mort, n'ayant qu'une parole à prononcer pour être rendus à la vie, devions-nous prononcer cette parole? Je ne crois pas devoir discuter l'évidence : les trois quarts des déportés adhérèrent.

Parmi les adhérents se trouvait un républicain qui avait déjà fait trente-cinq années de prison, sans avoir jamais voulu jusqu'alors accepter une offre semblable.

Quelque temps ensuite, à une distribution de vivres, on nous annonça qu'à l'occasion du baptême de l'héritier présomptif du 2 décembre on nous donnait un quart de vin. — Un d'entre nous prit le vin qui lui était offert et le jeta devant les gardes-chiourmes. Il fût arrêté immédiatement et emmené à l'îlet Royal pour y subir le supplice du poteau. Dès l'installation des déportés sur l'île du Diable ce supplice avait été suspendu; Baudin le rétablit.

On va connaître ce que c'est.

Un jour de ce mois de promesses et de solennités bonapartistes, un de mes amis et moi, nous trouvant sur la rive qui regarde Cayenne, nous vîmes à la mer et se dirigeant vers l'ouest, une masse flottante et noirâtre. Cette masse pouvait avoir quinze mètres de large sur trente de long. La première pensée qui nous vint c'est que c'était un radeau. Nous appelâmes des amis; et ces derniers, ainsi que nous, pensèrent qu'il y avait là une tentative d'évasion. Le radeau marchait lentement, bien que la marée l'emportât. Quelques-uns s'étonnaient qu'il ne hissât point de voile; nous nous objections, avec raison, qu'en mettant une voile il attirerait l'attention du fort de l'île Royale, qui l'avait en vue en ce moment.

Nous craignions pour lui et nous le plaignions.

Nos craintes furent bientôt légitimées.

Presqu'en même temps, le fort de l'île Royale mit huit canots à la mer; et ces canots gagnèrent rapidement en vitesse. Le radeau ne devait plus hésiter à mettre sa voile; nous attendions. Cependant la voile ne paraissait point; rien ne bougeait sur sa surface verdâtre. Nous nous interrogions du regard, quand un de nous s'écria en riant : — Mais ce n'est pas un radeau!

— Et qu'est-ce donc?

— Regardez mieux.

Et alors, ne regardant plus avec la même pensée, nous reconnûmes que c'était un débris des rives des Amazones.

La saison des pluies amollit des morceaux de terre, quelquefois très-considérables, que le fleuve a déjà miné; alors ces terres s'écroulent chargées d'arbres et de lianes entrelacées, d'herbes hautes, de mille espèces; et le courant charrie des îles de verdure.

A notre anxiété succéda, comme on le pense, une joie profonde.

Notre esprit était soulagé d'un poids énorme; et la chasse que les canots donnaient aux lianes était bien propre à nous divertir.

Enfin, ces derniers s'aperçurent de leur méprise.

Nous voyant sur le rivage, témoins de leur déconvenue, par un sentiment unanime, ils ramèrent dans notre direction. En abordant à l'île, il était facile de voir percer chez eux une colère sourde. Leurs regards cherchaient les nôtres; les provoquant, désirant le prétexte d'une vengeance.

— Ah! fit tout haut l'un de nous, (parisien chez qui la douleur n'avait pu éteindre l'esprit de raillerie,) ah! si la presse était libre! et si nous avions un *Charivari*, il y aurait un bel article à faire!

Le mot n'était pas lâché que les soldats se ruèrent sur ce malheureux et deux autres qui se tenaient près de lui et voulaient l'excuser.

Loin de retenir leur meute, les chefs rayonnaient d'une joie sauvage.

— « Les poucettes! mettez les poucettes à ces canailles! » criaient les uns.

— « Au poteau, ces brigands! au poteau! » crièrent d'autres.

Et tout ce monde, d'une seule voix, condamna nos trois compagnons au supplice du poteau.

Un d'eux voulût résister. Dans la lutte inégale qui s'engagea entre lui et les soldats, il eût une partie de la barbe arrachée.

Les poucettes étaient mises et serrées (c'est la loi invariable) jusqu'à échappement du sang sous les ongles. On se dirigea vers l'instrument de torture.

Le poteau est planté au soleil; il a sept pieds de hauteur et vingt centimètres d'équarissage.

On chargea de trente kilos de chaînes les pieds du premier patient, on le plaça debout contre le poteau.

On l'y attacha par une corde, aux jambes; on fit faire à cette même corde un second nœud autour des cuisses et du poteau; ensuite on la fit passer au-dessus des hanches, étreindre la taille du patient, en même temps que les poignets de ses bras placés derrière le dos, et on la fixa une dernière fois au poteau. Une seconde corde fût passée pardessus les épaules, fut rattachée à la ceinture et alla sur deux poulies, où un instant elle demeura pendante par ses deux bouts.

Alors, un condamné aux travaux forcés, faisant office de bourreau, sous les ordres du geôlier (un nommé Soncque, à cette époque) tira la corde.

Comprend-t-on l'exécution de ce crime?

Les articulations des jambes et des bras craquèrent. Le patient pâlit. Une sueur froide coula de son frond. Ses yeux s'injectèrent et sortirent de leur orbite. Sa bouche se contracta, avec l'expression d'une épouvantable douleur.

La ceinture, tirée par la seconde corde, monta broyant la poitrine. Le bourreau tira encore. — Pas une plainte! Pas un cri!...

Les côtes avaient plié autant que possible. La ceinture avait dépassé l'estomac. Le supplicié jeta un regard troublé.

Le bourreau s'arrêta.

Le regard du supplicié exprimait une douleur trop vive pour que la peine eût pu durer le temps voulu, s'il avait tiré de nouveau la corde.

La torture n'était commencée que depuis dix minutes environ, et elle doit, à moins de maladresse de la part du bourreau, ou de manque complet de forces de la part du patient, se prolonger deux heures.

Oui, deux heures!...

Il est convenu que si vous criez grace, sous l'étreinte de la ceinture, on cesse de tirer la corde. Vous restez attaché jusqu'à ce que les deux heures soient écoulées, mais on ne vous serre pas plus fort.

Jamais, à ma connaissance, personne n'a crié grace.

Le soleil torride, tombant d'aplomb sur vous, continue à glorifier les législateurs de 1849 et Bonaparte. Une soif ardente vous dévore. L'oppression augmente à chaque aspiration de l'air enflammé. Vos artères battent sourdement ; on croirait qu'elles vont se crever. Il ne vous reste plus qu'une pensée : résister!

Pensée sublime! Car le martyr de la Justice, réduit après tant de dévouements et de luttes pour le bonheur des peuples, n'a sur le rocher perdu, où il se débat, ni sa famille, ni son pays pour témoin. Il est condamné à mort, et il ne voudrait pas crier grace pour adoucir une heure de son agonie!

En regardant l'Europe, Caton de nos jours pourrait s'écrier :

« ô vertu, tu n'es qu'un nom! » si de nos jours Caton n'était à Cayenne!...

Le bourreau reprit sa besogne.

A cette fois notre malheureux ami poussa un cri d'angoisse, un cri que je n'ai jamais entendu ailleurs; ses lèvres blanchirent, ses yeux se fermèrent, sa tête se pencha; — il s'évanouit.

Il n'y avait encore qu'une demi-heure qu'il était là, on lâcha un peu la corde, mais une heure s'écoula avant qu'il reprit connaissance.

Quand les deux heures furent passées, Soncque délia la victime et l'étendit sur le sol.

Il restait trois condamnés à exécuter. Le soleil baissait; on n'en tortura qu'un et l'on remit au lendemain le supplice des deux autres.

On rassujétit les chaînes des deux hommes qui avaient été au poteau et l'on serra un peu plus les poucettes aux autres. — Un d'eux poussa un cri. C'est qu'en effet on lui avait brisé l'os du pouce.

On mit les condamnés aux cachots de l'île Royale.

Mais vous pensez peut-être, vous qui lisez ce récit, que là se borne la vengeance impériale du poteau?

Apprenez-donc que jamais on ne condamna un homme à moins de *quinze jours*, c'est-à-dire de *soixante heures*: deux heures le matin et deux heures le soir.

Il est vrai que dans les heures d'intervalle, on vous soigne parfaitement à l'hospice, s'il est reconnu indispensable de vous y transporter, au lieu de vous laisser au cachot.

Je ne donnerai point le récit des supplices qui suivirent, par un seul on peut juger de tous. Cependant je dois mentionner ceci: c'est que depuis ce renouvellement de la peine du poteau on l'appliqua plus souvent qu'auparavant.

On avait hésité à reprendre ces exécutions, on n'hésita plus. Pour l'infraction la plus légère au règlement, pour une hésitation d'obéissance, pour un mot pris en mauvaise part, plus encore! — oui, — pour *mauvaise mine*, on vous condamne aux quinze jours de poteau.

Pendant la quinzaine dont il s'agit précédemment, un citoyen était à l'hôpital pour la fièvre jaune. Par miracle il y avait échappé. A sa sortie, ayant désobéi à un surveillant, il fut condamné au poteau. Il ne lui fallût pas soixante heures pour retourner à l'hôpital et là il ne lui fallût pas longtemps pour mourir.

Environ un mois après ce que je viens de raconter, De la Richerie commença à mettre à exécution ses promesses d'amnistie. Un canot vint prendre les dix déportés les plus âgés d'entre ceux qui avaient adhéré. Le canot les mit à bord d'une goëlette. Nous pensions qu'ils allaient en France; — ils allaient à Cayenne. Dix autres furent emmenés encore et dirigés également vers une goëlette, mais le capitaine de celle-ci refusa de les recevoir, alléguant qu'il n'avait pas assez de monde pour répondre de la tranquillité des prisonniers et déclarant enfin qu'il brûlerait la cervelle à ceux qui voudraient monter à son bord. — Le vapeur qui fait la correspondance entre Cayenne et Demerary, fut chargé alors de soixante-dix détenus. Parmi ceux-ci il s'en trouvait qui n'avaient point fait d'adhésion.

Tous ces hommes furent débarqués à Cayenne, et là.... — vous y attendiez-vous lecteur? — et là furent jetés en prison. Ils demandèrent des explications, et voici la réponse que leur fit De la Richerie : « Je vais vous interner provisoirement à Borda, domaine situé à huit kilomètres de la ville. Vous y travaillerez huit heures par jour, votre travail ne sera point difficile, vous ferez des fossés d'irrigation, vous abatterez des arbres, vous défricherez; mais aussi le travail sera obligatoire. Vous recevrez 35 centimes à titre de gratification. » La majorité consentit à aller à Borda. Ceux qui s'y refusèrent restèrent à la geôle. Ces derniers furent les mieux inspirés.

En effet, Borda est un marécage où le travail, en peu de jours, est mortel. Il s'agissait de défricher et d'assainir cette contrée et d'y établir un parc pour des bestiaux.

Lorsqu'on voulut les conduire au travail, pour la plupart ils refusèrent. Les gendarmes et les gardes eux-mêmes, munis de moustiquaires, ne pouvaient y tenir; jugez ce que les travailleurs avaient à souffrir! (1)

Force fut de les ramener à Cayenne. Plusieurs succombèrent. Un d'entre eux était un brave citoyen de Clamecy, cruellement éprouvé par un chagrin récent. Il avait souvent écrit à sa famille

(1) Parmi ceux qui devaient surveiller les travaux était un nommé Bruneau, qui prétendait être Louis XVII.

et jamais aucune réponse ne lui avait été communiquée. Deux mois avant l'acte de clémence impériale, on lui avait enfin permis d'en lire une ; cette lettre lui annonçait la mort de sa femme et de ses deux enfants !... Borda l'acheva.

A la suite du refus de travail, on commit contre les *rebelles* les actes les plus féroces. Ils furent jetés en prison. Trois d'entre eux, que l'on soupçonnait d'être les promoteurs de la résistance, furent mis aux fers et pendant trois jours furent privés de nourriture. Chaque matin on entrait dans leur cachot, on leur demandait s'ils voulaient retourner à Borda : — « Non. » — « Eh bien, vous n'aurez à manger que lorsque vous y consentirez. »

La faim en contraignit un à obéir.

On voit que le *question* est encore appliquée, ainsi que la torture, sous S. M. Napoléon III !

Les deux mourants de faim exceptés, on renvoya tous les prisonniers sur l'île du Diable, mais en les privant, par punition, de la soupe du matin et de la ration de six centilitres de taffia.

Heureusement que sur ces entrefaites, celui qui avait cédé à la faim avait trouvé le moyen de prévenir une autorité de Cayenne. Plusieurs administrateurs de la ville demandèrent à visiter le cachot. Ils reculèrent épouvantés devant les deux malheureux à demi-morts qui s'y trouvaient couchés.

Ils les firent renvoyer sur l'île. Et le plus riche négociant de la colonie obtint, à sa demande, de garder chez lui le prisonnier que l'on avait envoyé à Borda.

On pense bien que tant de souffrances ne pouvaient être vaincues. La fièvre jaune se déclara, et les infortunés, de retour sur l'île du Diable, l'apportaient avec eux.

VIII

Sommaire : — Nouvel appel pour Borda. — La fièvre jaune. — L'hospice des îles. — Belles paroles d'un amiral. — Les bonnes sœurs et les bons prêtres. — Réponse à une calomnie. — Les honneurs funèbres. — Eugène Millelot. — Tentative d'évasion.

Les détenus de l'île du Diable, enlevés pour les marais de Borda, ne furent pas absents plus de huit jours ; et cependant, à leur retour, dès qu'ils abordèrent à l'îlet Royal, on reconnût nécessaire d'en transporter plusieurs à l'hospice. Heureusement qu'avant d'entrer à l'hospice ils eurent le temps de faire à la cantine diverses petites provisions dont l'utilité n'est guère appréciable pour l'homme en liberté.

Dès qu'il les eût débarqué, le capitaine du vapeur vint avec quelques hommes d'équipage sur l'île du Diable et nous fit rassembler pour nous donner lecture d'un règlement nouveau. — Ce règlement était celui de Borda.

En voici le résumé :

A Borda, le travail est obligatoire ; il commence à 6 heures du matin et se suspend à 11 heures. De 11 heures à 1 heure, les détenus sont occupés à l'approvisionnement et au nettoyage du camp. A 1 heure, le travail du défrichement est repris et dure jusque 6 heures. Une rétribution de 30 centimes est accordée par jour à chaque ouvrier ; les détenus choisis pour conducteurs des travaux reçoivent 40 centimes. L'engagement se contracte pour six mois. Ces six mois donnent droit à la faveur de l'internement dans la ville de Cayenne. — Celui qui refuse de signer cet engagement n'a plus à espérer aucune faveur ni aucune grâce de la part du gouvernement.

Le capitaine du vapeur ajouta en commentaire : « Je vous donne le temps de la réflexion. Vous n'êtes pas des enfants ; vous devez savoir ce qui vous reste à faire. Quant à moi je ne puis vous engager à rien. »

Nous étions encore sur l'île au nombre de 70 ; dix donnèrent de suite leur adhésion.

Nous rentrâmes, chacun dans notre case, sans avoir répondu à l'officier de marine et sans échanger une parole. Plusieurs matelots, comme nous nous retirions, crurent cependant devoir nous dire : « Accepter le travail, c'est accepter la mort. »

Une heure ne s'était pas écoulée, lorsque nous vîmes aborder quarante de nos amis qui avaient été à Borda. On ne les avait pas laissé revenir plus tôt, de crainte de ne pas obtenir d'adhésion nouvelle. En effet, il suffisait de les voir pour reculer devant le piége infâme qui nous était tendu. Ils n'avaient pas besoin de raconter leurs souffrances ; leurs joues décharnées, leurs yeux caves, leurs lèvres séchées comme du parchemin, leur marche chancelante en disaient assez. — Ils nous demandèrent ce que le capitaine du vapeur était venu faire chez nous ; et lorsque nous leur eûmes appris ce qui s'était passé, ils déplorèrent l'imprudence de ceux qui avaient signé.

Deux jours après, on vint prendre les dix hommes qui avaient donné leur consentement. Parmi ces dix infortunés étaient quatre angevins ; trois de ces angevins, les citoyens Sécrétain, Chéniau et Auray, succombèrent en moins de quinze jours.

Tandis que ces derniers allaient mourir à Borda, la fièvre jaune se déclarait sur l'île du Diable. Ainsi la fièvre jaune, cette hideuse commère du gendarme de l'Europe, semblait protester contre le peu de confiance qu'elle inspirait au gouverneur et contre le nouveau cimetière de Borda.

Ordinairement la fièvre commence le soir, après le repas. Il n'y avait pas de médecin sur l'île du Diable ; nous devions donc attendre au lendemain matin pour demander des secours. Cette maladie est d'une marche extrêmement rapide ; on n'en souffre guère plus de quatre ou cinq jours ; douze heures (et avec la durée du transport : 15 heures) sans secours doivent en faciliter considérablement les progrès.

Lorsqu'un détenu tombait malade, nous le signalions avec un drapeau. Le plus souvent, à ce signal placé le matin, le docteur ne répond que le soir ; et je vais citer, à l'appui de cette conduite odieuse, deux faits qui se passèrent à l'époque dont il s'agit.

Le citoyen Pâquet eût la fièvre ; on signala pour le vendredi à midi ; — le docteur ne vint que le lendemain samedi, avec le bateau qui, à huit heures, nous apportait nos vivres. Le docteur a donc attendu trente heures.

Le citoyen François Frouin, un jeudi, une heure après le départ du bateau qui nous avait apporté les vivres, tomba malade. On mit le drapeau de détresse ; — ce ne fut que le samedi, à la distribution des vivres, que le docteur vint le voir et ordonna qu'il fût transporté à l'hospice.

F. Frouin mourût une heure après son arrivée à l'hospice.

Cette *négligence,* ce parti-pris de laisser mourir, fut bientôt compris des détenus ; ils ne mettaient plus le drapeau pour obtenir des secours, mais bien pour constater la lâcheté des bourreaux.

En trois semaines, 27 transportés de l'île du Diable furent envoyés à l'hospice. En trois semaines il en mourût une vingtaine d'entreux et parmi lesquels se trouvaient encore sept angevins.

Il faut dire aussi ce que c'est que l'hospice. — Ce n'est pas un lieu de soulagement et d'espérance, je vous l'assure !

Je vous ai fait connaître cette geôle de la ville de Cayenne, où l'on vous dit : « Si vous consentez à ce que je vous demande, on vous apportera à manger. » Vous vous souvenez de ces trois malheureux soumis à la *question* par la faim ?

Je vous ai dépeint le supplice du poteau, où le patient est broyé par des cordes jusqu'à ce qu'il s'évanouisse ou demande répit. Cette torture s'accomplit, dirigée par un geôlier principal, exécutée par un forçat et présidée par des gardes chiourmes, des gendarmes et des soldats.

Il me reste, pour mettre le comble à tant d'horreurs, à vous dépeindre la *question par la fièvre jaune,* appliquée à l'hospice par de misérables femmes et un aumônier, monstres qui s'acharnent à torturer le cœur et l'esprit de pauvres gens qui vont mourir.

Envoyées aux îles du Salut, par punition peut-être, les sœurs de charité croient avoir du zèle à faire. — Mais comment expliquer chez des femmes ce manque de pitié, cette dureté constante?... Je ne l'essaierai pas. Je vais seulement raconter.

L'hospice est composé de trois grandes cases en bois, où l'air ne pénètre que par des sabords. Les salles en sont bien tenues, et du côté de la propreté il n'y a rien à reprocher à l'administration. Cet hospice, le seul du pénitencier, sert à tous les condamnés politiques ou non. Là, de même que sur les navires de transport, les forçats non politiques sont les mieux considérés et les mieux reçus. Pour qui comprend la morale actuelle, cela n'a rien que de logique. Les politiques sont fouillés à leur entrée et privés de leur argent; on n'en agit pas de même avec les autres. Par cette mesure de sévérité, on prive le malade de sucre et de différentes ressources, on le tient à sa merci. Avec la fièvre jaune, à un certain degré, on peut prendre quelque nourriture, mais il faut des aliments légers : un peu de poulet, un œuf à la coque. Celui qui n'a pas d'argent est réduit à la viande salée, la même qui est donnée ordinairement. On n'emploie que deux tisanes, une tisane vinée et l'eau de riz; celui qui n'a pas d'argent et qui désire un verre d'eau sucrée est obligé de le demander à la sœur, qui lui refuse tout net, ou lui pose des conditions.

A la visite du docteur... (on n'a pas oublié le docteur Chabassu, je pense?...) *certains* malades étaient écoutés avec bienveillance, mais *certains* autres ne l'étaient pas du tout. Ainsi, le citoyen Riotto d'Anger : Il demande un œuf à la coque qui lui était permis. « Il n'y en plus un seul, » lui répond la sœur Cette femme sort et un quart d'heure après rentre dans la salle et mange un œuf à la coque devant le lit de Riotto. — Peut-être était-elle soûle; car, presque tous les jours, ces sœurs s'étourdissent avec du taffia et du Bordeaux.

Non loin de lui, dans la même salle, se trouvait le citoyen Aridas qui, souffrant beaucoup de la soif, désirait un verre d'eau sucrée. Riotto avait un peu de sucre caché près de lui. Un autre malade lui en demanda un morceau pour Aridas. Comme celui-ci allait se faire de l'eau sucrée, l'aumônier vint à lui suivi de la sœur : « Que voulez-vous? » dit le malade, qui n'avait plus guère qu'une heure à vivre, et cependant avait encore sa présence d'esprit. L'aumônier répondit qu'il venait pour préparer son âme à paraître devant Dieu, et lui donner les consolations de la religion. Le prêtre prenant son crucifix le présenta au malade et le pressa de se confesser. « N'avez-vous pas honte, dit le mourant, de venir tourmenter un homme qui va mourir? Ce sont vos pareils qui m'ont ruiné et fait transporter à Cayenne, c'est à cause de vous que je suis condamné à mort. Ne pouvez-vous me laisser mourir tranquille? » Le prêtre insista de nouveau. Enfin, voyant que toute son éloquence était de pure perte, la sœur employa les menaces : « Vous ne voulez pas vous confesser, dit-elle, eh bien! je vais vous prendre votre morceau de sucre. »

Celui qui avait remis le morceau de succre à Aridas, défendit à la sœur d'y toucher. La mégère disputa, essaya de le prendre... Le mourant fit un effort suprême, se souleva à demi, saisit un pot de tisane et le jeta au visage de ses derniers bourreaux, — puis il retomba pris de l'éternel sommeil.

Cette sœur et ce prêtre, ces profanateurs de la mort, s'adressèrent alors à une autre victime; c'était le citoyen dont j'ai parlé d'abord, Riotto. Cet infortuné m'avait dit : « Je sais que je mourrai bientôt ; toi, tu vas sortir de l'hospice ; peut-être reournera-tu en Europe, je te donnerais tout à l'heure des lettres pour ma femme et mon fils. — Et si tu retournes en France, dis bien à mes amis que Riotto est mort comme il a vécu. »

Je croirais manquer à mes devoirs si je ne transcrivais ici ce testament.

Il n'eut pas le temps de me remettre ces lettres. L'aumônier et la sœur vinrent l'obséder. Il les repoussa de toute son énergie, et ce ne fut que lorsque la parole lui manqua qu'ils me laissèrent m'approcher de lui. — Que pouvais-je faire. — Je lui demandais s'il n'avait rien à faire dire à sa famille ; ses yeux s'ouvrirent un instant, puis se refermèrent pour jamais.

Le prêtre trouva les lettres et s'en empara. — Ce furent les jésuites d'Angers qui apportèrent à la citoyenne Riotto la mort de son mari. Ils lui dirent que son mari s'était réconcilié avec la religion et obtinrent de sa crédulité de l'argent pour chanter des messes. Ils ne s'en tinrent pas là. Après avoir ruiné, transporté, torturé et tué l'homme, il restait à le calomnier et à souiller sa mémoire, on publia partout *ad majorem glorium Dei*, la conversion du républicain !...

Ainsi l'on souffre et l'on meurt à l'hospice de l'îlet Royal. Et pour vous donner à ce sujet l'opinion des exécuteurs en chefs, je vais vous citer quelques belles paroles de l'amiral Baudin.

Le Baudin passa à l'hospice dans une de ses visites aux îles. Un malade lui adressa cette réclamation : « Depuis que l'on a privé les détenus politiques de la cantine, des six centilitres de taffia et du repas du matin, la mortalité est beaucoup plus grande. Le taffia est en effet la seule boisson qui peut corriger la mauvaise qualité de l'eau qu'on leur apporte. »

Baudin se contenta de répondre : « Il faut que vous payez votre dette à la Guyane. »

Ces hommes commettent leurs crimes avec un cynisme complet. Le seul, Bonnard, a eu honte à la fin ; quant à Baudin, qui remit en vigueur les punitions les plus cruelles, le poteau et les coups de cordes, qui nous enyoya à Borda, etc., cet être ne nous a jamais abordé qu'avec des menaces faites dans les termes les plus grossiers. Lui, de la Richerie et un officier placé comme commandant sur l'îlet Saint-Joseph, un nommé Coste, sont nés pour s'entendre et servir sur les îles du Salut.

Je sortis de l'hospice au moment où l'on emportait un cadavre. Le cadavre est d'abord déposé à l'amphithéâtre d'anatomie, mais comme les provisions de chair à scapel sont inutiles, on le met dans un cercueil, — on l'emporte dans un canot ; le canot s'éloigne du bord de quelques brasses, — les requins le suivent ; on ouvre le cercueil, on jette le cadavre, et le requin lui rend immédiatement les honneurs funèbres.

Telles sont dans leur horrible simplicité les funérailles des républicains qui meurent là-bas !

Cependant, malgré les ravages de l'épidémie, le courage chez les détenus ne faiblissait point. A ma sortie de l'hospice j'appris que le citoyen Eugène Millelot était évadé. E. Millelot, de même que son père et son frère, avait été transporté en 1852, mais seul des trois était condamné aux travaux forcés, et par conséquent se trouvait alors au bagne de l'îlet de la Mère.

En réalité, il était alors seulement caché dans l'île. Plus tard nous parlerons des résultats de sa tentative.

D'un autre côté, sur l'île du Diable, quelques détenus, parmi lesquels étaient Baugenski et Pianori, (1) s'occupaient à construire un radeau.

C'était une entreprise difficile que celle de construire un radeau; l'île n'avait pas une pièce de bois à leur disposition. Le hasard les servit. Un arbre de sept à huit mètres de long, charié par le fleuve des Amazones vint à leur portée. Ils le fendirent et en firent deux pièces égales, puis ils coupèrent les deux pièces au deux tiers de leur longueur. De la sorte, ils eurent la charpente indispensable; les deux plus longs morceaux de bois servirent pour les côtés et les deux autres pour les deux extrémités; la poupe et la proue. Ils avaient pour former le corps de l'embarcation quatre tonneaux, destinés aux quatre coins, quatre barils, autant de bagnes, puis du menu bois et quelques planches. Ils employèrent une espèce de mauve, très-abondante sur l'île, à la confection des cordes nécessaires pour relier entre elles les diverses parties du radeau. Ce travail, comme on le pense, fut très-long; il leur demanda près de deux mois.

Enfin, quand ils eurent établi un léger plancher de sapin, mis un garde-fou d'environ trente pouces, planté un mât, qui avait une douzaine de pieds d'élévation; — le 12 août 1856, ils lancèrent heureusement leur embarcation à la mer. Ils étaient sept. Ils avaient cent lieues à faire sur une mer inconnue, sans boussole, n'ayant guère à compter que sur la bonne direction dans laquelle soufflait le vent. Leurs provisions étaient insuffisantes, les provisions d'eau surtout.

Partis pendant la nuit, ils passèrent inaperçus de l'îlet Royal; ils ne furent pas poursuivis. Mais comment raconter toutes les souffrances de leur voyage! Ils étaient peu nombreux et ne pouvaient dormir que l'un après l'autre et pendant trop peu de temps pour se reposer.

Au bout de trois jours il ne leur restait déjà plus une goutte d'eau douce. Ils étaient réduits à boire leur urine mêlée avec de

(1) J'ai dit plus haut que Pianori avait été arrêté à la frontière et avait été transporté sans jugement. Ce n'était qu'à cause de son nom qu'il était suspect, et en conséquence curieux! Lorsqu'on lui demanda son nom et qu'il le donna, on nia que ce fût le sien. On refusa d'inscrire son nom.

l'eau salée. C'était la torture la plus affreuse qu'ils pussent subir sous un tel climat.

Une tempête violente s'éleva. Les vagues les couvraient, et ils devaient réunir toutes leurs forces pour demeurer sur le radeau. Un froid vif succédait la nuit aux chaleurs accablantes du jour. Gouverner était devenu impossible. Le radeau fut jeté sur la grève assez avant pour ne plus être repris par les vagues. — Quelle était cette terre? — Appartenait-elle à M. Bonaparte ou aux Hollandais? — S'ils étaient encore dans la Guyane française, quand la mer leur permettrait-elle de reprendre leur voyage? — Sur cette plage, composée de grève et de vase, ils ne voyaient rien qui pût étancher leur soif, ou appaiser la faim qui commençait aussi à les déchirer.

La marée monta et les délivra; — *les délivra*... le mot me semble trop beau, quand je songe aux douleurs inouïes, aux fatigues si longues qui les attendaient tous, — et à la mort qui était réservée à deux d'entre eux!...

La tempête continuait; — le soir du sixième jour de leur voyage ils furent de nouveau rejetés à terre.

Sous ces latitudes les marées varient souvent d'une élévation d'un mètre l'une de l'autre. Cette fois ils avaient été poussés fort loin sur le rivage; la marée avait été d'une hauteur exceptionnelle. Ils pouvaient craindre de ne plus voir le flot remonter jusqu'à eux.

IX

Sommaire : — Échoués dans les vases. — Derniers efforts. — Mort de Pianori et de Baugenski. — Nouvelles tentatives d'évasion, faites à Cayenne et à l'île du Diable. — Tentative du citoyen Perret. — Évasion par les bois et les rivières. — Les nègres à la Guyane française. — La gendarmerie noire. — Encore une tempête. — Synamary.

Quelle nuit!... Ils étaient de nouveau sur une plage sans eau douce, nue, ne leur offrant rien qui pût les soutenir et les abriter. Le jour ajouta encore à leurs souffrances; la soif fut plus ardente, et la solitude plus vaste à mesurer du regard.

La marée ne monta pas jusqu'au radeau. Ils essayèrent de le traîner, mais ce travail était au-dessus de leurs forces. Ils trouvèrent dans les planches un poisson, encore frais, jeté par la vague, il pesait environ trois kilog. et quand ils l'eurent dévoré ils cherchèrent des crabes. Les crabes étaient rares.

Il fut décidé que deux des naufragés iraient à la découverte et ne reviendraient vers leurs compagnons que lorsqu'ils auraient trouvé des secours. Les deux plus valides partirent. — C'était le soir du septième jour!

Que la liberté coûte cher! — Pour n'avoir pas approuvé le coup-d'Etat, les mitraillades des boulevards en décembre, pour être demeurés républicains, c'est-à-dire fidèles aux intérêts des peuples, ces sept infortunés avaient subi l'emprisonnement, les juges, le cachot encore, —puis la transportation... ce supplice de six semaines! — puis le bagne des îles; enfin, six jours de tempêtes sur un radeau sans vivres!...

Alors que vous les considérez, sur cette grève déserte, épuisés de forces, n'ayant plus que leur courage, peut-être, comme moi, comparez-vous leur situation avec celle qui est faite aux peuples. Quand les peuples, aujourd'hui captifs, briseront leurs chaînes, peut-être auront-ils aussi à lutter contre des tempêtes, et d'épreuves en épreuves ils assureront aussi pour jamais la conquête de leur liberté.

Je désire me tromper, mais je crois que pour être durable la conquête d'une grande vérité doit être pénible. Je crois que son amour jette dans nos cœurs des racines d'autant plus profondes, qu'il nous a coûté beaucoup de sang et de larmes. Je reprends mon récit.

Les deux hommes partis à la découverte arrivèrent dans la nuit à une plantation. On les reçut; — ils dirent d'où ils venaient; on leur donna à boire et à manger, et ils se reposèrent jusqu'au lendemain soir. Alors ils demandèrent qu'on les aidât à aller chercher leurs cinq compagnons qu'ils avaient laissé près du radeau.

Les maîtres de la plantation n'accédèrent point à leur demande. — Ils répondirent qu'à Paramaribo ils trouveraient des secours, et ils offrirent même de les y mener. Je crois même que ces offres ressemblaient fort à des injonctions. — Les deux évadés allèrent donc à Paramaribo, capitale des possessions hollandaises, située à deux jours de marche de la plantation.

Cependant leurs amis se lassaient d'une absence prolongée au-delà de ce qu'ils prévoyaient. Il y avait 14 jours qu'ils n'avaient mangé de pain. Ils se sentaient mourir sur la plage, il valait mieux pour eux tenter un effort suprême et se traîner, ne fût-ce même que pour y mourir, plus près du terme de leur voyage. — Ils se mirent donc en marche et suivirent la direction prise par les deux premiers. Ils marchaient muets, accablés, incertains, n'ayant chacun assez de force que pour se soutenir et se traîner, incapables de s'entraider comme ils l'avaient fait jusqu'alors.

Peu de temps après leur départ, ils rencontrèrent des terrains vaseux. La marche devint plus difficile encore. Un d'entre eux perdit connaissance et tomba; — ses amis s'arrêtèrent et le rappelèrent à la vie.

Mais la marche devenait presqu'impossible aux citoyens Baugenski et Pianori. — Peu à peu ils demeurèrent en arrière. Il eut fallu les emporter...

A mesure que le pas devient lourd, il s'enfonce d'avantage dans la vase; ainsi pour ces malheureux l'obstacle croissait en raison de leur fatigue !...

Les deux citoyens arrivés à Paramaribo, furent renvoyés avec des hommes à la recherche de leurs amis. Ils retournèrent ainsi immédiatement à la plantation qu'ils venaient de quitter et là ils trouvèrent trois des cinq citoyens qu'ils avaient précédé. — Qu'étaient devenus Baugenski et Pianori? — Ils l'ignoraient. — Ils étaient restés en arrière, chacun séparément, — et ils avaient disparu....

Reprendre le chemin suivi en dernier lieu, malgré l'état d'épuisement où ils se trouvaient, — et malgré toutes les probabilités de la mort des deux hommes qu'ils regrettaient, — telle fut la proposition plus généreuse que sensée qu'ils firent à leurs guides de Paramaribo.

Les guides refusèrent en les assurant que dans les vases où ils s'étaient trouvés engagés, ils avaient dû s'enfoncer et probablement disparaître tout à fait.

Des sept hommes qui s'étaient évadés de l'île du Diable, le 12 août 1856, cinq furent sauvés.

Plus tard, à d'autres évadés, qui abordèrent aussi aux terres hollandaises, des indiens racontèrent qu'ils avaient vu un radeau et que dans les vases, plus loin, ils avaient vus deux hommes enfoncés jusque sous les bras dans les vases.

Le visage de ces infortunés avait été dévoré par les crabes. D'autres détails, racontés par ces mêmes indiens, ne permettent pas de douter que ces deux victimes ne soient les citoyens Pianori et Baugenski.

. . . .

Pendant ces événements, trois condamnés politiques, internés à la ville de Cayenne, préméditaient une évasion par les bois et les cours d'eau.

D'autres, avant ceux dont je parle, avaient tenté de s'échapper par la mer, vers 1854; — leur histoire aurait dû trouver sa place plus haut dans mon récit, — je vais réparer cette omission.

Le citoyen Perret de Béziers fit faire une petite barque, la fit approvisionner et partit avec quatre de ses amis.

La mer était mauvaise, ils craignirent de se confier entièrement à elle, et cette crainte les perdit. Ils suivirent la côte, et peu de temps après leur départ, leur barque donna contre un rocher, fut brisée et coula. Perret fut noyé. Ses compagnons grimpèrent sur le rocher et y demeurèrent quatre jours, sans autre nourriture que quelques huîtres, et sans eau douce. Leur situation était intolérable, comme on le pense, — les navires sont rares dans ces parages, et d'ailleurs évitent la côte avec autant de soin qu'ils la cherchaient. Un des naufragés savait nager, mais de l'écueil à la terre, il y avait bien deux lieues, et deux ou trois huîtres par jour ne suffisent pas à donner des forces. Le nageur s'aida d'un coffre échappé au naufrage et tenta la traversée.

La traversée fut heureuse. Non loin du rivage il rencontra un prêtre à qui le désordre de sa toilette parût inspirer autant d'intérêt que de curiosité. Pêche (c'est le nom du nageur), raconta au saint ministre du Christ comment ses amis, des prisonniers de Bonaparte, étaient devenus prisonniers de l'Océan. Le saint homme sembla navré par la pensée que plusieurs de ses frères en J.-C. mouraient de faim et de soif à deux lieues de lui : — « Venez, mon ami, dit-il à Pêche, suivez-moi et bientôt ils seront mis en sûreté. »

Pêche suivit sans défiance. Vous, lecteur, j'en suis certain, vous n'augurez rien de bon de la rencontre d'une robe noire. La présence du prêtre annonce celle du soldat, celle-ci la présence du gendarme et le gendarme annonce l'empereur.

Le saint homme conduisit l'évadé à un poste militaire, et dit aux soldats en entrant : — « Voici un évadé de Cayenne, je l'ai rencontré et je vous l'amène ; j'ai fait mon devoir, faites le vôtre. Quand vous aurez mis cet homme en sûreté, vous prendrez une barque et vous irez chercher ses camarades échoués là-bas dans les brisans. »

Ce qui fut recommandé fut exécuté.

Je vais maintenant vous raconter l'évasion de Cayenne, dont je voulais vous entretenir tout d'abord.

Vous venez de voir ces vaillants hommes luttant sur quelques fascines contre le vent et la mer. La faim et la soif épuisaient leurs forces ; les vagues les renversaient et les couvraient de leurs masses rapides, pour les livrer aux frissons du vent. — Il y a, pour tout homme ayant conscience de la faible étincelle de génie humain qu'il porte sous son front, — il y a quelque chose d'affligeant à voir ses semblables devenir les jouets des éléments aveugles. L'immensité de l'Océan n'égale pas l'immensité de la pensée humaine; il est triste de voir sept intelligences devenues les jouets de la mer; de les voir errer à l'aventure, impuissantes, et jetées deux fois comme des épaves à des grèves sauvages. Dans cette lutte, les armes de l'homme contre la nature sont inégales; — l'homme n'a pu employer aucune des ressources de l'expérience. Banni de sa contrée natale, trahi par ses semblables, il semble que la nature devrait se faire douce et bienveillante pour lui.

Une évasion de l'île de Cayenne par les bois et les rivières doit paraître dans des conditions meilleures.

Dans une telle entreprise l'homme, sans avoir besoin de moins d'énergie, doit en appeler plus souvent aux ressources de son esprit. Ne doit-il pas se diriger dans une sorte de labyrinthe? N'a-t-il point à prévoir mille écueils inconnus? — Ici les troncs d'arbres renversés dans la rivière et formant à fleur d'eau un barrage à peine visible. — Là, en travers d'un courant rapide, de ces vastes et solides guirlandes de lianes qui unissent la végétation d'une rive à celle de la rive opposée. Puis les amas de vases; puis les rocs, dont les tranchants effilés par le cours d'eau fendent l'embarcation qui les rencontre, ainsi qu'une lame d'acier une allumette; puis ces tourbillons qui, même sur nos fleuves bien connus, pouvant toujours être évités, offrent un danger éternel. Ainsi que sur le radeau, dans la pirogue qui va chercher la liberté par les rives, il y a entre le voyageur et la nature une lutte constante, — mais dans cette lutte l'homme peut déployer toutes les ressources de son esprit.

Trois condamnés politiques internés à la ville s'entendirent avec un nègre pour fuir à l'étranger. Ce nègre, sans être une exception rare parmi les gens de sa race, était intelligent. — En général, on juge mal les noirs lorsqu'on n'a pas vécu parmi eux. On les exalte ou on les dénigre. Des héros de Mme Becher-Stowe, à Soulouque et sa cour on ne voit pas de milieu. Je dirai que les nègres à la Guyane française et à la Guyane hollandaise m'ont paru ce qu'auraient pu être des blancs, dans les différentes con ditions où ils se trouvent placés. Dans la domesticité ils sont ce que nous voyons être les hommes de notre race. La ruse, l'hypocrisie, la flatterie, la vanité de la livrée, etc... sont leurs défauts, comme les défauts de nos valets d'Europe. Lorsque le nègre, par une profession libre, est appelé à faire preuve d'habileté, il se montre tout aussi ingénieux que l'ouvrier européen. Il en est d'imbéciles? — Sans contredit. — De vicieux? — Je le concède. Sous le rapport des vices les populations noires n'ont rien à envier aux nôtres. — Et comment le contraire pourrait-il exister? La race blanche n'a-t-elle pas ajouté ses vices à ceux de cette race malheureuse?... Ce sont d'adroits et courageux marins, des marcheurs et des porteurs infatigables; et je l'ai dit, mais je crois bon de le répéter, des ouvriers assez ingénieux. Quant à leurs idées politiques, elles sont, pour la plupart, excellentes. La Révolution de 1848 leur a fait beaucoup de bien. A Cayenne, les déportés politiques sont aimés d'eux. Ils comprennent que la cause pour laquelle nous combattons est une cause humanitaire. Ils ne préfèrent point M. Bonaparte à M. Faustin, et pour eux un tyran, de quelque couleur dont soit sa peau, est toujours un homme funeste. Aussi, chaque fois qu'ils purent être utiles aux détenus ils en profitèrent.

Pour s'évader de l'île de Cayenne par les terres, le secours d'un nègre, d'un natif, est indispensable. Celui à qui les trois internés dont il s'agit remirent leur destinée, connaissait parfaitement le méandre de cours d'eaux qui des bois de Cayenne bien loin conduit à l'Océan.

Il n'est pas très-difficile de sortir de la ville. Les internés d'ailleurs jouissent d'une assez grande liberté. Ainsi, ils travaillent chez un colon; — s'ils viennent à demeurer deux jours absents, à leur rentrée à l'atelier, ils disent qu'ils ont été malades. Personne n'exige qu'ils rendent compte de l'emploi qu'ils ont fait de leur temps. Ils sont tenus de se présenter tous les huit jours, ou tous les quinze jours à la police; mais la surveillance à leur égard ne s'étend pas plus loin.

Nos trois amis achetèrent une pirogue, la munirent de provisions et avec le nègre, leur camarade et leur guide, sortirent un soir, s'enfoncèrent dans le bois et gagnèrent la pirogue.

A travers les terres, les rivières sont les seuls chemins praticables. La colonie anglaise a un chemin de fer, la colonie hollandaise a quelques routes, la Guyane française n'a que des sentiers sauvages, que la hâche ouvre aujourd'hui, que la végétation reprend demain.

Ce qu'elle a de plus que ses voisines, — c'est la police. — Oh! quant à cela, la Guyane laisse peu *à désirer*.

En dehors des bagnes, elle a une gendarmerie composée de noirs. Ces hommes connaissent la voie prise par les quatre évadés. Quelques-uns d'entre eux sont nés dans les tributs errantes, et pour suivre une piste valent presque les peaux-rouges.

La gendarmerie noire était donc un des dangers à éviter.

Ils avaient soixante lieues à faire. Tantôt ils étaient obligés de ramer, par une chaleur accablante, enveloppés dans des nuées de moustiques et de maringoins qui leur obscurcissaient la vue; tantôt emportés par des courants rapides, ils avaient besoin de toute l'expérience de leur guide et de toutes leurs forces pour ne point chavirer. Il leur était impossible d'aborder et de prendre du repos. Oui, cette nature splendide était pour eux une nature marâtre, et la faim au bout de deux jours commença à les tourmenter.

Quoi, direz-vous peut-être, ces bois ne produisent-ils pas des fruits énormes et délicieux? — Oui, sans doute, mais les endroits où il se trouve plusieurs arbres fruitiers sont connus des tribus de la contrée, qui prennent soin de la récolte, et quant aux autres, épars dans l'inextricable mêlée de tiges et de branches, de hautes herbes et de liannes, — nos amis eussent perdu trop de temps à les reconnaître, et trop de temps encore à s'en emparer. « Et le poisson? » — Mais il faut le pêcher, et il fallait gagner le bord et allumer du feu. — Ce qui était regrettable surtout, c'était de ne pas avoir un fusil. Leur salut dépendait de la rapidité de leur fuite. Une prime est offerte par le gouvernement à qui arrête un évadé; ils avaient non-seulement à redouter les gendarmes, mais encore les noirs des campagnes qui, extrêmement pauvres et dépourvus de toute idée libérale, pouvaient se douter de leur qualité et leur donner la chasse.

Ils gagnèrent la mer. — Là les attendaient d'autres épreuves. Le vent était dans une direction excellente, mais il était très-violent, et l'on sait combien il faut peu pour faire chavirer une pirogue.

La pirogue fut emportée comme un morceau de liége; ils furent obligés plus que jamais à l'immobilité. Ils prétendirent gouverner ; — le gouvernail se brisa.

La pagaie était devenue inutile. La crête d'une vague pouvait de son écume les faire couler bas. Il fallait recevoir l'eau et la rejeter promptement avant qu'elle ne tomba au fond de la coque, et, pour le reste, compter sur sa vitesse prodigieuse, et sur l'heureuse direction du vent.

Ainsi poussés ils allèrent plus loin que le Maroni, plus loin qu'ils n'avaient besoin, — si l'on songe à leur péril de chaque minute et à la faim qu'ils éprouvaient. Ils passèrent la Guyane hollandaise, et lorsque la tempête fut terminée et qu'ils purent se diriger eux-mêmes, se jugeant assez loin, ils pagayèrent vers le sud et abordèrent à la colonie anglaise.

A Synamary, ils jouirent de la liberté dont on jouit partout en Angleterre, étranger ou natif. On ne les mit pas en prison ; on ne les menaça point de les rendre à leurs bourreaux, et ils obtinrent leur passage pour les Etats-Unis. Le noir demeura à Synamary.

Voici donc une évasion qui ne laisse point de victimes.

X

SOMMAIRE : — Projets à l'île du Diable pour une nouvelle évasion. — Les gouverneurs s'occupent à en prévenir l'accomplissement. — Construction du radeau. — Émulation. — Construction d'un nouveau radeau. — Départ. — *La Marseillaise.*

Les gouverneurs de la colonie et du pénitencier ne devaient pas être fort satisfaits de ces évasions qui s'accomplissaient presqu'en même temps. Ils résolurent de prendre des mesures de surveillance nouvelle, et de soumettre l'île du Diable au même régime que l'îlet Royal et l'îlet Saint-Joseph occupés par les condamnés aux travaux forcés.

Nous avions le pressentiment de cette résolution. D'un autre côté le départ du radeau avait enflammé presque toutes les imaginations. Chacun de nous, depuis lors, méditait à part soit la construction d'un nouveau radeau. La dernière tentative avait emporté bien des éléments nécessaires. Nous manquions absolument de bois. N'importe !... on devait en trouver, et sans oser se communiquer positivement des projets pour une évasion prochaine, chaque détenu parlait le langage de l'espérance et le découragement chez nous ne semblait plus possible. Cependant il n'y avait pas de temps à perdre.

On nous fit connaître que cinq des hommes partis sur le radeau étaient parvenus à Synamary. La nouvelle de ce succès accrut encore nos désirs.

Un soir, nous trouvant en assez grand nombre, rassemblés à l'extrémité nord de l'île, où la brise arrive fraîche et où nous allions respirer *l'air de la France*, disions-nous, on parla des rigueurs prochaines réservées aux détenus, de l'évasion des sept, accomplie dans des conditions si mauvaises et cependant couronnée de succès, enfin de la nécessité de construire un radeau.

Il fut décide que l'on en construirait un, assez grand pour porter vingt personnes et de plus, qu'une liste, dès ce jour, serait ouverte où chacun pourrait s'inscrire de son propre mouvement, afin que, dans cette entreprise dangereuse, aucun n'eût la responsabilité du départ d'un ami. Le lendemain, après la distribution des vivres, la liste circula. Elle était ouverte pour un radeau de vingt hommes, — et en un jour elle comptait les vingt signatures.

Ceux qui s'étaient inscrits se mirent immédiatement au travail.

J'ai dit qu'il ne nous restait pas un morceau de bois de quelqu'importance sur l'île; l'administration vint au-devant de nos souhaits en faisant apporter une case destinée à ses agents, et de plus, deux vastes cases en fer, construites pour établir au milieu de nous des gendarmes, des gardes-chiourmes et des soldats de marine. C'était là de riches provisions; toutefois, comme nous avions une visite à subir tous les trois jours et en outre que, depuis quelque temps, un sous-lieutenant du génie, individu fort dangereux, restait en surveillance à l'île du Diable pendant les heures les moins chaudes de la journée, nous ne pouvions toucher à ces cases qu'avec une prudence et une réserve extrêmes.

Dans les bois apportés nous ne pouvions prendre que les pièces nécessaires pour former un cadre; il nous fallait trouver le corps de notre embarcation ailleurs.

Un de nous calcula que trois brins de maïs d'un mètre, liés ensemble, pouvaient porter quatre kilos. L'île abondait en maïs. On renouvela l'expérience, un homme se mit à l'eau sur une botte de trente brins et il surnagea. Cet homme pesait bien de soixante à soixante-dix kilos.

On coupa environ 6,000 brins de maïs que l'on mit en bottes de trente à trente-cinq brins chacune. On coupa également une certaine quantité de ricin, dont la tige offre plus de résistance encore que celle du maïs, et l'on en fit des bottes semblables.

Le travail ne pouvait avoir lieu que pendant les heures les plus ardentes, mais il s'accomplissait avec passion. — Nous nous laissions penser alors au retour en Europe, à nos amis, à nos femmes, à nos enfants. Nous éprouvions d'avance — et mieux qu'à cette heure encore — le plaisir de raconter ce que nous avions souffert, de démentir ceux qui font la guerre civile la plus terrible, à la faveur de l'ombre et du silence, et parlent ensuite de la paix de l'Europe, de la tranquillité de la France, de la clémence impériale.

Cependant, allant à nos travaux, ou nous en revenant, la vue de ceux de nos amis qui ne se décidaient pas à fuir nous faisait grande peine.

Un surtout, un qui m'était bien cher et ne s'était pas inscrit. Malgré le désir le plus vif de le voir partir avec moi, je n'osais le lui proposer. — Un jour pourtant je ne pus me contenir et je fus le trouver. — En me voyant venir il devina ma pensée et il pâlit.

— « Je sais pourquoi tu viens, me dit-il, tu veux partir et tu désires me voir partir aussi.

— « Oui, répondis-je, notre radeau ne doit être construit que pour vingt hommes, mais, si tu le veux, un homme de plus ne l'empêchera point de marcher, — nous partirons ensemble. »

Je pouvais lire sur son visage la lutte de deux espérances opposées et de notre amitié.

Il était du petit nombre de ceux qui s'étaient habitués à cette pensée que les républicains de Cayenne pouvaient, d'un jour à l'autre, être délivrés par la mort de l'empire. Cet événement leur semblait dans un avenir plus prochain qu'ils y avaient de plus bonne heure fixé leur espérance. Joueurs pour qui chaque jour la chance se montrait contraire, ils faisaient de leurs déceptions même les preuves de leur victoire pour le lendemain. Ils attendaient depuis trop longtemps pour attendre longtemps encore. — Hélas! quelle infortune n'a point ses illusions? Quel désert n'a point ses mirages? — Puis, au cadran ordinaire des heures, la douleur ne peut calculer le temps; à Cayenne les jours sont aussi longs, et même plus longs, que les mois à Paris. Et sans doute ils se disaient que Paris ne pouvait supporter une année d'empire de plus. Cette espérance d'être délivrés par la Révolution n'avait pu vivre en eux qu'aux dépends de celles qui pouvaient y naître de leur seule énergie. A leurs yeux les tentatives d'évasions n'étaient que de belles et perfides syrènes, ne nous appelant et ne nous charmant que pour nous engloutir.

Je continuai en m'adressant à lui : — « Ici la mort est certaine, sur le radeau la délivrance est probable.

— « Nous nous étions promis de ne jamais nous séparer, me répondit-il, — tu es de ceux qui veulent partir, — je te rends ta parole, et je désire que le succès me donne tort. Je voudrais te suivre, — mais tout me dit que ce serait la perte de tout deux. Je vois la mort inévitable et affreuse, là où tu ne l'aperçois que comme un danger. Je reste, — j'attendrai. Et toi, si tu rentres en Europe.... »

Ah! dans ces seuls mots : si tu rentres en Europe, il y avait tout un monde !... C'étaient des affections brisées qui cherchaient à renouer, de l'isolement du bagne au pays natal, leurs liens sympathiques, — c'étaient des douleurs sans confidence qui voulaient un écho ; c'était le testament du cœur.

Je n'insistai pas près de lui. Pour s'évader, ainsi que nous allions le faire, il faut dans son dessein une confiance affermie. Le découragement ou l'hésitation sont les périls les plus redoutables, et celui qui, à certain moment, en est frappé, peut non-seulement se perdre, mais encore entraîner avec soi ses compagnons. Ce qui faisait la force des hommes décidés à s'embarquer, c'est que pour eux la mort était préférable au séjour sur l'île.

Cependant, tandis que d'un côté nous voyons bon nombre de nos amis paralysés par de fausses espérances, ou par incertitude résignés à attendre tout du sort, d'autres, à qui il ne manquait pour se décider tout à fait que l'entraînement de l'exemple, à la vue de notre confiance et de notre activité, résolurent d'entreprendre un second radeau.

Ils étaient au nombre de quatorze. — Les matériaux nécessaires pour une seconde embarcation pouvaient se réunir encore. Ils se mirent de suite au travail.

Pour le grand radeau on fila quatre-vingt-dix mètres de cordes, à l'aide d'une roue de brouette, en employant une sorte de mauve fort abondante sur l'île. Nous avions avec nous un charpentier ; un dandys eût été moins utile. — Pendant que les uns faisaient les cables, que les autres mettaient en bottes les maïs et les ricins, il préparait chaque pièce de bois ; — de sorte que le 13 septembre, un samedi, après la distribution des vivres qui avait lieu à huit heures et demie et qui était faite pour trois jours, comme on le sait, — on commença à monter les radeaux.

Je dis les radeaux, car le second se trouva prêt en même temps que le premier. Ce qui fut fait pour l'un le fut également pour l'autre; aussi ne raconterai-je que le montage du plus grand.

Le charpentier choisit cinq hommes. Ils avaient à leur disposition : deux sablières de vingt-cinq pieds de long, deux traverses de dix pieds et un arbre (encore un cadeau des Amazones) qui, formant le coude à son milieu, fut employé pour la proue. On scéla les bottes de maïs entre elles, avec les morceaux de bois de la largeur du cadre; puis, pardessus celles-ci, on fixa de même les bottes de ricin qui, plus dures, devaient offrir aux pieds plus de résistance. Sur les traverses qui maintenaient entre elles les bottes, on cloua des planches, en réservant toutefois un passage à l'eau. Ensuite on plaça des garde-fous d'un mètre et demi de haut, en prenant la même précaution que pour le plancher. Nous avions un mât de sept mètres de hauteur et de huit ou neuf pouces d'équarissage. On l'enfonça dans une traverse. Quant à notre voile elle était de la meilleure toile, et pour la composer nous n'avions eu qu'à rendre la toile de quatorze chemises à sa première destination.

Il faisait un orage; le vent soufflait avec une violence extraordinaire, la mer était blanche d'écume; malgré ce vent, je vous assure, lecteur, qu'à notre chantier nous avions chaud!

En quatre heures le travail fut achevé.

Il faut avoir *passé par là*, pour pouvoir se rendre compte de l'effet que produit une grande joie, un triomphe, dans des têtes sur lesquelles, depuis des mois ou des années, la douleur... la douleur de Cayenne... a appuyée sa main de plomb!

Le radeau achevé à la plupart d'entre eux apparaissait comme une embarcation magnifique et invincible. La joie, comme les fumées d'un vin capiteux après un long jeûne, montait au cerveau.

Tout le monde, y compris nos infortunés amis que nous allions quitter, aida à pousser les radeaux à la mer. — On chargea les provisions. Elles se composaient de patates, de pain, de quelques volailles élevées sur l'île et que l'on avait fait cuire, et des vivres pour trois jours reçus le matin même. — Au travers le bruit du vent et des détonations des vagues dans les rochers, se croisaient les rires et les plaisanteries. Le départ était fixé à huit heures, au coup de canon de retraite tiré par les forçats à l'îlet Royal ; mais tout était prêt bien avant l'heure, et chacun de nous demeurant inactif, trouva dans cette halte comme un temps donné aux dernières réflexions et aux adieux.

Le rire se tût ; les uns devinrent pensifs, les autres se sentirent pris de cet attendrissement qui donne en quelque sorte le vertige aux volontés les plus énergiques. Ceux qui allaient partir se rapprochaient de ceux qui allaient rester. Les plus prudents et les plus fermes s'aperçurent en eux-mêmes et parmi leurs compagnons de cet attendrissement, et ils s'en alarmèrent avec raison, puisque nous avions besoin de toutes nos forces pour jouer notre vie. Par quelques mots ils nous rappelèrent au sentiment de notre situation, et on se décida à couper le cable qui retenait encore le premier radeau.

Nous nous embrassâmes... L'avenir dira pour combien de nous ces adieux étaient des adieux suprêmes !...

Le cable coupé, le radeau restait sur une pointe de rocher.

La marée était considérablement baissée et malgré la tempête le flot ne l'enlevait point. Tout le monde se mit à l'eau et enfin le radeau partit !

Il n'était que sept heures.

Tous nos amis demeurés sur l'île grimpèrent dans les rochers pour nous suivre des yeux. Il faisait clair de lune. C'était d'un effet étrange de voir tous ces hommes groupés dans les rocs sombres. Ils avaient préparé un feu sur la pointe de l'île, ils l'allumèrent, et à leurs cris d'adieux nous répondîmes par cet ancien hymne national, aujourd'hui hymne de la Révolution :

« Allons ! enfants de la patrie,
« Le jour de gloire est arrivé. »

Vous souvenez-vous du commencement de ce récit ? Vous souvenez-vous qu'au sortir du fort Lamalgue, lorsque nous allions nous embarquer au bagne pour Cayenne, tout à coup spontanément de nos cœurs s'élança aussi la *Marseillaise ?* Ah ! ce chant a éclaté dans toutes nos fêtes et dans toutes nos détresses. Il a été tour à tour le chant du triomphe et le chant du désespoir. Si ses paroles déjà anciennes ne conviennent plus toutes à cette seconde étape de la Révolution, cela n'empêche pas cette admirable *Mar-*

seillaise d'être la meilleure traduction musicale des sentiments révolutionnaires. Comme elle gronde et comme elle éclate! — Elle rentrera encore à Paris avant le *Chant du Départ*, cet autre chef-d'œuvre, et avant le *Chant des Ouvriers*. Partout dans l'exil nous l'avons entendue. Elle est bien nôtre; n'est-elle pas bannie comme nous?

Nous étions à deux lieues en mer, nous voyons encore les prisonniers près du feu, agitant leurs vêtements en signe d'adieux. La rapidité de notre marche était sans égale. Le vent était dans une bonne direction, les rames étaient presqu'inutiles; mais nous fûmes très-heureux d'avoir parmi nous un ancien batelier de la Loire qui, avec une force, un courage et une habileté rares, tint le gouvernail et fit faire la manœuvre.

Il y a un courant rapide qui mène du côté de l'îlet Royal; nous eûmes le bonheur de nous en sauver.

Le reste de la nuit ne fut ni plus mauvais ni plus heureux que nous ne l'attendions. Comme tout s'enchaîne dans une aventure, et que l'on ne comprendrait guère nos fatigues, si je ne prenais soin d'en noter chaque cause, le lecteur me pardonnera, je l'espère, quelques répétitions. — J'ai dit plus haut que les nuits sont très-froides sous ce climat; les alternatives de froid et de chaud causées par le passage des vagues au-dessus de nous, et des coups de vent après elles, contribuaient, avec le mal de mer, à fatiguer des hommes qui n'avaient encore fait d'autre voyage que celui de Toulon à la Guyane.

Au lever du soleil nous nous trouvions dans le golfe de Synamary. Nous avions, en une nuit, fait un trajet qui demande ordinairement deux jours.

La vue du golfe est quelque chose de splendide. La côte est accidentée, les forêts arrivent en cascades jusqu'aux grèves dorées! Mais ce qui est je crois impossible à rendre c'est la richesse des couleurs, qui toutes obtiennent de la fécondité du sol et de l'ardeur du ciel, un éclat inconnu dans le midi de l'Europe. Elles ne sont ni brûlées, comme en Provence, ni pâlies comme dans le Nord; l'humidité et le soleil leur donnent la vigueur et la fraîcheur à la fois. Puis, dans leur disposition il règne ce désordre selon l'homme, cet ordre selon la nature, qui produit un spectacle imposant, par un accident imprévu et bizarre, — comparable aux mots éloquents des grands maîtres, jaillis d'un apparent désordre, surgis à l'improviste, et frappant d'autant plus. Ces bois, ces groupes avancés de végétaux aux proportions gracieuses, aux pousses géantes, de là-bas semblent se presser en foule pour venir échanger leurs murmures avec ceux de l'eau ; — et d'autre part, ces groupes élégants de cocotiers et de palmiers, dans leurs différentes attitudes paraissent les maîtres de cette plage déserte.

L'air a un *brillant*, si je puis dire, inconnu chez nous. Le soleil rayonne à rais plus nombreux et plus perçants et la mer moutonneuse étincelle.

Nous n'avions pas une voile en vue. Nous jouissions de deux solitudes ; et pour qui eût été témoin, à l'écart, de ce lever du soleil sur ce golfe, les deux radeaux n'auraient pas été les détails les moins pittoresques et les moins étranges de cette vaste scène. Ne coupant presque jamais l'eau, suivant les mouvements de la mer, paraissant et disparaissant à chaque minute, nos embarcations plates avec leur voile blanche devaient avoir un aspect singulier.

Le second radeau, qui longtemps nous avait suivi d'assez près pour demeurer à la portée de la voix, s'était plaint plusieurs fois d'être trop chargé, et de quelques avaries dont les suites pouvaient être fâcheuses. Ils nous avaient offert de prendre quelques-uns d'entre eux à notre bord ; — mais il nous était impossible d'accéder à leur demande. Je crois pouvoir dire que malheureusement les hommes du second radeau manquaient de l'*entêtement* nécessaire dans les entreprises où l'on joue quitte ou double, la liberté ou l'aggravation de ses peines. Peu à peu les infortunés s'éloignèrent de nous, ils avaient descendu leur voile, et un courant peut-être, peut-être aussi leur découragement, les entraîna à terre.....

Cela nous causa une peine profonde lorsque nous fûmes convaincus qu'ils avaient abandonné la tentative, et allaient retomber pour jamais sous les serres des bourreaux. Mieux eût valu pour eux se noyer.

Chez nous une parole de découragement, une insinuation partie de la faiblesse ou de la peur, auraient été mortelles à qui les eût proférées. Nous n'aurions pas hésité, pour assurer le salut commun, à jeter à la mer celui qui, par ses paroles, eût pu communiquer les défaillances de son courage.

Le 15 septembre, le troisième jour de notre voyage, nous avions la côte à quatre ou cinq lieues de nous. Rien dans la configuration de cette terre ne pouvait nous aider à deviner son nom. Les uns disaient : c'est la terre hollandaise, nous devons avoir passé le Maroni.

Le Maroni est un fleuve qui sépare les possessions françaises des possessions hollandaises.

Les autres soutenaient le contraire et demandaient à ce que l'on s'éloignat en haute mer. Sur ces entrefaites le vent tomba. Un courant nous portait à la côte, il fallait ramer, et vigoureusement. Cinq ou six d'entre nous avaient le mal de mer à un degré qui ne leur permettait point de manier une rame. Nos rames, nous en avions quinze, n'étaient pas des plus légères ; elles mesuraient quatorze pieds de long. On rama debout toute la journée et les rameurs eurent raison du courant. On ne perdit pas une heure, ceux qui ne pouvaient ramer donnaient à boire à leurs camarades. Vers six heures du soir, le vent s'éleva et nous suppléa à merveille. Notre batelier de la Loire, n'avait pas quitté la barre et succombait au besoin de sommeil ; il confia le gouvernail à un ami. Sans nous en douter nous étions à la hauteur du Maroni. Le timonier novice se trompa, si bien qu'au milieu de la nuit nous nous trouvions à une trentaine de mètres du poste de la Mana, établi sur la frontière.

Les soldats accoururent sur le rivage : « Par ici, mes amis ! par ici ! »

Ils apportent des torches et nous font signe d'aborder. Cette surprise était fâcheuse, après une si rude journée ! « Ramons ! ramons ! » s'écria en s'éveillant le timonier qui reprit sa barre ; et tous avec plus de force que jamais nous reprîmes les rames. Le vent était bon, mais la marée montait ; les mains des rameurs n'étaient plus qu'une plaie.

Enfin, le feu des torches s'éloigna, puis disparût, et les soldats du poste eurent à faire pour longtemps encore les suppositions les plus extraordinaires.

On rama une heure !... Le radeau cotoya quatre lieues des domaines de l'empereur de France et de toutes les Cayennes. Nous avions échappé à un grand danger.

A la marée basse, le lendemain 16, nous pouvions sans crainte suivre le courant qui allait à la terre, et le radeau alla s'échouer sur la rive hollandaise de l'embouchure du fleuve.

A peine étions-nous échoués qu'une tribu indienne s'avança vers nous. Nos dehors, notre équipement, en tout autre pays, nous auraient assuré contre les voleurs. Mais les gens qui venaient à notre rencontre, en parfait état de santé et armés d'arcs et de lances, étaient encore moins vêtus que nous.—Deux d'entre nous sortirent de nos rangs en parlementaires. Des deux points on se comprit.—Nos ambassadeurs expliquèrent notre situation et notre but, et les Indiens leur répondirent « qu'ils n'étaient pas en sûreté sur ce rivage; que les Français pourraient venir les y reprendre. Qu'il n'y avait pas dans la contrée de poste hollandais pour les protéger. Enfin, qu'ils leur conseillaient d'aller par terre jusqu'à Parmaaribo, éloigné de vingt-cinq lieues. »

Lecteur, nous n'avions fait jusqu'alors que la partie la *plus agréable* de notre voyage.

XI

Sommaire : — Suite du voyage. — Quatre lieues dans les sables. — Les palétuviers et les vases. — Obstacles invincibles. — Retour au radeau. — Voyage sur le Maroni. — La plantation de Quiberon et M. le commandant Cappelaer. — Départ pour Paramaribo. — Arrivée. — La prison. — Autrefois et aujourd'hui. — Séjour à la prison du *Piquet*. — Protestation en faveur des noirs. — Réponse. — Démérary. — Le gouverneur. — Le consul américain. — Nouvelles rigueurs. — Surprise. — Nos amis du second radeau.

Vingt-cinq lieues à faire dans ces déserts dangereux, pour gagner Paramaribo, c'était beaucoup ; mais nous n'étions point découragés.

Les Indiens qui nous entouraient, tout en paraissant regretter de ne pas trouver en nous de plus riches épaves, ne voulaient cependant point nous quitter sans emporter quelques souvenirs. C'est à ce sentiment que l'un d'entre nous dût de se voir dépouiller assez complètement pour présenter l'exagération même de la simplicité des modes du pays.

Non loin de la plage était une barque abandonnée; elle nous servit de salle à manger. — Après quelques heures de repos on se remit en marche. — Nous devions suivre la plage. Chacun portait un paquet renfermant des papiers, du linge et quelques croûtes de pain. La marée montante nous obligea à une halte. Après avoir parcouru environ quatre lieues nous nous trouvâmes en présence des bois de palétuviers.

Vous vous souvenez d'un dialogue rapporté plus haut, entre

8.

De la Richerie et Bonnard : — « Mais ils s'évaderont ! » disait le premier. — « Vous savez, reprit l'autre, que la mort les attend dans les vases et les palétuviers. »

J'ai revu depuis lors, au palais de Sydenham, le palétuvier. Assurément ce n'est pas un vilain arbre ; mais la richesse prodigieuse de sa végétation nous opposait un obstacle impossible à franchir.

Les branches de cet arbre avide sont attirées par les émanations chaudes de la vase, se courbent, y tendent des racines, s'y enfoncent, produisent des tiges nouvelles ; et ainsi s'entre-croisent et forment un réseau inextricable. La main de l'homme ne peut seule y ouvrir un passage ; il faut la hache. Si vous faites quelques pas, vous le regrettez bientôt, car vous ne tardez point à vous enfoncer dans un massif dont les branches, les racines, les lianes vous emprisonnent, comparables à un filet.

Nous entrâmes dans les palétuviers. Nous nous glissions plutôt que nous ne marchions. Il doit y avoir dans ces bois des reptiles de toutes les formes et de tous les venins ; mais nous n'y songions pas. — Personne ne fut piqué. Le grand danger n'était pas là ; il était dans l'aspect trompeur du sol, couvert d'une espèce de mousse, assez engageante, et de l'état de plus en plus liquide des vases qu'elle recouvrait. Il fallait s'avancer, sous peine d'enfoncer dans une sorte de glu ; et le bois était de moins en moins pénétrable. Nous reconnûmes que nous exposions notre vie sans espoir de salut ; et nous nous décidâmes à retourner sur nos pas.

Nous étions menacés du même sort que Pianori et Baugenski.

La fatigue rendait sans doute aussi chez nous le pas plus lourd, la marche plus lente, et de là, sur ces vases mouvantes, le péril plus grave. — Je sentais mes pieds s'enfoncer plus avant à chaque pas, et j'avais le pressentiment du moment où il me serait impossible de m'aider d'une jambe pour retirer l'autre et où je m'enfoncerais des deux jambes à la fois. C'est ce qui arriva. Les jambes prises jusqu'au dessus du genou, je me sentis couler bas, pour ainsi dire, avec une effrayante rapidité, de même que si l'on m'eut tiré par les pieds. — J'eus de la vase jusque la ceinture. Mes mains saisirent une branche, et avec la force incalculable que l'on trouve souvent dans ces instants suprêmes, je m'enlevai, laissant à cette boue tenace mes bottes, une partie de mon pantalon et la peau de mes jambes. — Si j'avais été éloigné d'un arbre de l'espace de plus d'un mètre, j'étais perdu.

Aucun de nous ne fut victime de ces vases; mais quelle était notre fatigue!... Et il nous fallait reprendre notre chemin sur les sables, faire encore quatre lieues avant de nous retrouver à notre point de départ.

Vers trois heures du matin nous étions enfin près du radeau. Les Indiens en avaient enlevé la voile; deux hommes cependant se donnèrent encore la peine de l'amarrer, dans l'espoir d'aller par mer à Paramaribo.

Le lendemain à notre réveil, des Indiens, plus nombreux et plus menaçants que les premiers, firent mine de vouloir assiéger notre cabane. Parmi eux, heureusement, se trouvait un noir de Cayenne, individu intelligent et parlant parfaitement notre langue. Lorsqu'il eût appris qui nous étions, ce noir nous témoigna toutes ses sympathies; il était aussi condamné politique et fugitif.

Il offrit de nous conduire à une plantation hollandaise située sur les bords du Maroni et nommée Quiberon. — Les Indiens avaient des pirogues sur le fleuve, et à la marée montante indiens et français, en bonne intelligence, s'embarquèrent et remontèrent le Maroni.

C'est alors que nous avons appris le sort affreux de Pianori et de Baugenski. De la plantation où les deux citoyens, partis en éclaireurs, étaient arrivés les premiers à l'endroit où étaient demeurés leurs cinq compagnons, il n'y avait pas loin. Près de cette plantation se trouvait un poste et aux alentours des habitations assez peuplées. On eût cependant l'inqualifiable lâcheté de dire à ces deux infortunés d'aller à Paramaribo chercher du secours pour leurs amis! On savait ces derniers épuisés de ressources, épuisés de vie, et on envisagea froidement pour eux une attente de deux jours; puisque du premier poste à la ville il y avait un jour de marche!...

Cette criminelle indifférence causa la mort de nos deux frères. L'histoire ne remplit que son devoir strict en flétrissant tant d'inhumanité. — La plantation à laquelle on nous conduisit était habitée, au contraire, par les cœurs les plus généreux. Le commandant Cappelaer nous fit le plus charmant accueil et nous donna, non-seulement une hospitalité large, mais nous entoura de ces prévenances et de ces bontés délicates qui réchauffent le cœur et rétablissent les forces morales, autant que le vin de Bordeaux et le pain frais pouvaient ranimer nos forces physiques.

Si jamais ce récit peut aller jusqu'à la Guyane, que la famille Cappelaer y lise le témoignage de la profonde gratitude que mes amis et moi nous serions heureux de lui exprimer.

Nous sommes restés vingt-quatre heures chez le commandant Cappelaer. — Le lendemain (19 septembre) notre hôte nous dit qu'il n'était pas sans crainte pour nous. « Le gouverneur français, nous dit-il, enverra à votre poursuite. Je ne suis pas en état de résister à ses hommes; je vous conseille de prendre un parti. »

Une goëlette anglaise était en vue, M. Cappelaer proposa au capitaine de nous mener à Démérary où il se rendait. Ce capitaine nous demanda 600 fr. pour notre passage. Nous ne pûmes en réunir que 340; il refusa et continua sa route. Notre hôte alors nous procura une barque; notre charpentier y fit quelques réparations et nous prîmes congé de la famille Cappelaer. Des indiens nous accompagnaient; — et nous voilà de nouveau voguant!...

Cette fois ce n'est plus par élans et par plongeons, enlevés puis couverts par une mer en fureur; — après avoir si longtemps disputé, heure par heure, notre existence aux éléments, nous filons rapides sur des eaux calmes, par un beau temps, respirant la fraîcheur du fleuve et reflétant en nous-mêmes la sérénité du ciel. L'eau est bleue, la barque fait à sa proue un murmure de source. La nature semble en fête. D'une rive à l'autre les cris et les chants des oiseaux s'interrogent, se répondent, s'unissent en chœur. Immobiles, nous contemplons, passant à chaque coup de rames, les grands bois de droite et de gauche. Tous, je crois, ont été touchés des grandeurs du paysage. Séroude, qui a écrit une relation de cette évasion, parle avec admiration des beautés pittoresques de ce voyage. Ça et là, pareils à de grandioses et gracieux bouquets tombés dans le fleuve, des îlots entrecoupaient le courant. Des roches, en soulevant l'écume, apparaissaient comme des monstres tendant leurs mufles énormes à l'air, aux plantes, au soleil. Quand le regard était allé chercher l'admiration au sein de cette puissante et primitive nature, et revenait ébloui se fixer sur notre fragile embarcation, c'était cause pour l'esprit d'un nouvel étonnement. Imaginez l'immensité du fleuve, la richesse d'un monde exclusivement végétal, où la terre et le ciel ne font rien que pour la plante, — leur reine ; — et entre deux planches étroites, voyez-nous glissant sur le fleuve, atomes de couleur terreuse, — débris d'un autre monde.

Quelle longue route nous avions à faire, soldats de la Liberté européenne, pour rejoindre notre drapeau ! Quatre sauvages guidant et rendant aux luttes du vieux monde une vingtaine de socialistes.... c'est un spectacle singulier.

Le soir notre barque aborda sur le territoire d'une tribu indienne. Le prix fut fait avec quatre hommes pour nous conduire jusque Paramaribo ; — l'on soupa et l'on se coucha au feu du bivouac et des étoiles.

Nos hôtes nouveaux se montrèrent assez discrets ; à peine quelques jeunes femmes eurent-elles un peu de curiosité pour ces vingt individus à la barbe longue, aux vêtements étranges, — hommes dont le *visage pâle* s'était jauni au feu des fièvres, ou cuivré à la mer et au soleil.

Le lendemain nous reprîmes les *chemins qui marchent ;* les seuls praticables du pays. Nous arrivâmes à Mont-Crique ; les autorités hollandaises ne nous mirent pas au cachot, et mêmes elles nous firent bon accueil. De là, nous entrâmes dans une seconde crique, puis dans une troisième, et enfin nous descendîmes à la ville capitale.

Nous n'avons eu qu'à nous féliciter des habitants des établissements situés sur notre parcours.

Notre navigation dura trois jours et trois nuits.

Malgré la douceur de cette dernière partie de notre voyage, comparativement aux premières journées, — à l'arrivée nous étions pour la plupart assez malades.

Nous nous attendions à vivre en liberté, on nous fit prisonniers et l'on nous envoya au Fort. On nous promit de nous rendre libres aussitôt que l'on aurait reçu des pièces justificatives de notre qualité de condamnés politiques.

Nous sommes restés huit jours au fort.

De là, les pièces attendues étant arrivées, — on nous envoya à la prison dite du *Piquet.*

Nous y avons retrouvés nos cinq camarades du premier radeau. Eux aussi, malgré leur identité reconnue, étaient retenus en prison ! Au sortir de l'hôpital où ils étaient entrés à leur arrivée, — on les avait enfermés !.... Ils avaient *la faveur* de quelques heures de promenade en ville... mais le gouverneur hollandais fut assez stupide et assez lâche pour s'effrayer de notre nombre, et leur refuser cette promenade, du jour de notre entrée à Paramaribo !

Que les temps sont changés ! Permettez qu'ici l'histoire des premières déportations témoigne de cette remarquable démarcation qui s'est faite entre la bourgeoisie et le populaire.

« (1) Le 13 au matin, un colon dont l'habitation n'est pas éloignée de Monte-Krick, vint nous prier de venir chez lui, et nous fit les offres les plus obligeantes, sans soupçonner qui nous étions. Il insista pour nous amener chez lui sur le champ. Nous nous disposions à le suivre, lorsque Willot, de qui c'était le tour de service pour garder notre chère pirogue, aperçut de loin un cavalier et nous appela.

« Pichegru reconnût les marques distinctives du service de Hollande et nous assura que c'était un officier supérieur. Celui-ci à la vue de notre case, désignée sans doute dans le rapport du commandant, pique des deux, met pied à terre, monte dans la chambre où nous étions rassemblés, et demande avec une certaine agitation : M. Gallois, M. Picard, êtes-vous ici ? Barthélemy et Pichegru se présentent vêtus d'une mauvaise veste de toile grise. Le général hollandais fit un mouvement de surprise et d'indignation, puis il les embrassa plusieurs fois, et nous pressa tour à tour dans ses bras, ne pouvant pendant quelques instants proférer aucune parole.

« Messieurs, nous dit-il, après un moment de dilatation, vous avez bien jugé notre gouverneur, il vous attend avec impatience, et tous les habitants de Surinam sont également touchés de vos malheurs. »

« Nous fondions en larmes, et l'excès de la joie manqua d'être funeste à quelques-uns de nous. Brave et sensible hollandais, reçois ici l'hommage d'une reconnaissance dont la prudence enchaîne les expressions. »

. . . .

« Le dimanche, 15 juin, nous fûmes coucher à l'habitation d'un ami de M. le gouverneur qui, prévenu par lui de notre arrivée à Monte-Krick, avait exigé que nous prissions gîte chez lui, regrettant d'être retenu à la ville par des affaires de commerce, et de ne pouvoir revenir lui-même au devant de nous.

« Nous ne pouvions nous lasser d'admirer ces vastes jardins, ces bosquets, une belle maison, une table somptueusement servie, de superbes appartements, des lits enfin.

---

(1) Journal de l'adjudant-général *Ramel*, déporté à la Guyane, après le 18 fructidor. Londres, 1799.

« Après le souper, les nègres et les négresses exécutèrent des danses pour nous faire oublier les outrages de Synamary. »

. . . .

A Surinam, maintenant :

« ..... Après une heure de navigation nous rencontrâmes une belle gondole; c'était le gouverneur lui-même qui venait à notre rencontre. Nous étions impatients de connaître notre bienfaiteur, il passa dans notre barque, nous considéra, nous embrassa avec une vive émotion et nous dit : — « Soyez les bienvenus, oubliez, s'il se peut, vos malheurs; je ferai tout ce qui sera en mon pouvoir pour en effacer la trace. Nous sommes tous heureux de vous recevoir ; disposez de la colonie toute entière; disposez surtout de moi. »

« Nous passâmes sous le fort de Nassau, qui nous salua de cinquante coups de canon, répétés coup pour coup par le fort d'Amsterdam sur la rive droite. Les batteries de Paramaribo répondirent; nous n'étions plus qu'à une lieue de la ville, le jour tombait; il était nuit close quand nous entrâmes dans le port. — Toute la ville était illuminée, la garnison et les milices coloniales étaient sous les armes; nous débarquâmes au bruit de l'artillerie et de la mousqueterie de la place et de la flotte. Les applaudissements, les cris d'allégresse retentissaient autour de nous, etc , etc. »

. . . .

Républicains-socialistes, nous ne sommes pas avides de ces démonstrations folles ; — cette citation est faite dans le but de faire ressortir la différence qui existe entre la Révolution actuelle et la Révolution de la fin du siècle dernier.

Disons seulement, en passant, que la conduite du gouverneur hollandais à notre égard a été odieuse. Il nous a traité en ennemis, il nous a jetés en prison, nous, malheureux échappés à l'injustice ; il s'est fait l'auxiliaire de nos bourreaux de Cayenne....

Mais d'où vient ce contraste de sa conduite avec celle de son prédécesseur ?

Ceux que Surinam salua de son artillerie et de ses applaudissements, — au devant de qui le gouverneur se rendit, — n'étaient point seulement des héros d'aventures romanesques et terribles, c'etaient des hommes distingués par leurs titres et leurs rôles parlementaires, c'étaient *des personnages*. Il n'y avait dans leurs rangs, ni ouvriers, ni cultivateurs ; ils appartenaient à l'aristocratie nouvelle, au Tiers-Etat. Ils étaient accueillis par leurs pairs.

Quant à nous, au contraire, nous n'avions de sympathies dans ces contrées que chez les noirs et chez quelques ouvriers. La cause pour laquelle nous avons combattu n'est pas celle de M. le gouverneur, de MM. les financiers et les négociants, de MM. les gardes de palais et de prisons. Nous avons été dans notre pays plus tourmentés, et frappés plus cruellement, que ne le sont les criminels, — et plus d'une fois on nous dit que l'on préférait les forçats ordinaires aux forçats politiques.

Nous nous sommes levés contre l'injustice du Tiers-Etat qui, dans la Révolution dernière, ne détruisit les priviléges de la noblesse et du clergé que pour leur substituer, à son profit, d'autres priviléges dont la majorité du peuple souffre. Vaincus dans notre tentative, ennemis des priviléges du vieux monde, partout où les bénéficiaires de ces priviléges nous rencontreront ils nous traiteront en ennemis.

Le gouverneur n'a sans doute point fait tout ce raisonnement, mais il a obéi à un sentiment de répulsion; le même sentiment que la noblesse éprouve pour la bourgeoisie.

Je reprends mon récit.

La prison du *Piquet* est destinée à recevoir dans ses murailles des échantillons de toutes les misères et de toutes les peines. On y envoie les lépreux et les aliénés ; et c'est aussi dans sa cour que l'on applique aux nègres la flagellation.

Ce supplice nous indigna au point de nous faire oublier un instant notre situation, et de nous faire écrire au gouverneur une lettre dans laquelle nous revendiquions pour les noirs les droits de l'humanité, et protestions contre la cruauté des traitements exercés contre eux.

On devine à peu près le résultat de cette lettre. On vint prendre huit d'entre nous et on les jeta dans les cachots du Fort.

Notre sort était assez dur dans cette prison du *Piquet*. La nourriture était des plus mauvaises et nous couchions sur des planches. Cette détention injuste et lâche dura un mois.

Enfin, on vint nous prévenir que quelques hommes seraient embarqués pour la Guyane anglaise. Le lendemain, en effet, (21 octobre) plusieurs prisonniers sortirent, et on les conduisit, en évitant toutefois de leur faire traverser la ville, à bord du vapeur le *Paramaribo,* qui les déposa le 22 novembre à Démérary.

Nous ne pouvions accepter de tels offres avec empressement; en quittant la cour du gouverneur nous nous fîmes enseigner le consulat américain.

Le consul nous reçut avec politesse, mais nous répondit qu'il ne pouvait nous donner audience que le lendemain, parce qu'il avait trop d'occupations. Puis il dit à notre interprète de nous conduire à l'hôtel et qu'il paierait nos dépenses. Nous étions au nombre de seize.

Le soir, ô surprise! le gouverneur nous écrivit de nous rendre au palais. Il nous proposa du travail sur la rade et le travail fut accepté. — Nous commettions ainsi une imprudence dont nous devions nous repentir bien fort! Nous nous sommes engagés à travailler, du soleil levant au soleil couché, pour un salaire à peine suffisant à notre nourriture. La concession qui nous fut faite était de ne travailler qu'à l'ombre.

Nous avons appris peu après que le consul américain avait vu avec peine que nous avions accepté des conditions aussi mauvaises avant de revenir chez lui; il se proposait de nous faire passer en Amérique.

Un drame de l'intérêt le plus profond devait occuper notre séjour à Démérary. Je vais le raconter aussi brièvement que possible. Le bâteau-poste de Cayenne à Démérary, sorti du port anglais le matin y rentra avant la fin du jour, pour faire réparer sa machine dont une pièce s'était brisée. Quelques marins nous sachant là, vinrent nous trouver et nous racontèrent ce qui suit:

« Etant à la hauteur de Paramaribo, nous avons aperçu au large un radeau. Ce radeau se décida à venir à nous, et le vapeur alla au-devant de lui. Il portait de nouveaux évadés de l'île du Diable. Les malheureux nous avaient pris pour des hollandais.

« Ce sont les mêmes hommes qui montaient le radeau qui ne put vous suivre. De retour à l'île, ils tentèrent sans délai une seconde évasion. Maintenant, ils sont à bord de notre bateau-poste, prisonniers et aux fers, par une méprise inconcevable. Lorsqu'ils ont été à notre portée, tous et un officier du bord lui-même, nous étions affligés de les voir se jeter ainsi entre les griffes du loup. Le capitaine ignorait qu'il y avait une évasion, et n'avait reçu aucun ordre qui les concernat. »

Il fallait les délivrer pendant le temps que le vapeur resterait en réparation. Ils n'ignoraient point notre présence; ils comptaient sur nous. Ils remirent à un chef d'équipage un billet par lequel ils nous disaient: qu'ils étaient aux fers, mais qu'à une certaine heure ils montaient sur le pont. Ils nous demandaient de nous procurer un canot qui, à une heure fixée, portant un pavillon particulier, vint le long du bateau poste. Ils étaient disposés à se jeter dans ce canot.

Nous nous sommes empressés de chercher un homme qui pût nous aider dans l'accomplissement de ce projet, car nous étions sans ressources. Un courtier du port, un noir, promit de nous seconder, et nous jura qu'il s'était procuré l'argent nécessaire. Le soir de ce jour, les officiers du bord invitèrent à dîner l'administration de la ville. Le même courtier qui nous avait donné son concours, fut invité en qualité de fournisseur. Il y eût bal sur le pont. La fête (la cupidité peut-être) délia la langue au courtier, qui confia nos projets à un officier.

Cette trahison fit tout avorter. — La machine du vapeur fut réparée; — et les prisonniers furent dirigés de nouveau sur les îles du Salut. Nous croyions leur sort décidé; mais non, l'aventure ne se termina point si vite, la machine eût encore une avarie, et le lendemain nous vîmes le même bateau rentrer à Démérary.

Que faire?... Le bateau se tenait en rade à dix minutes de nos chantiers. Des matelots nous apportèrent des nouvelles de nos amis et nous dirent qu'ils espéraient encore. Mais après avoir échoué ils nous était impossible de tenter de suite une seconde entreprise. A bord la surveillance était plus active, et parmi le peu de monde que nous connaissions les sympathies avaient eues le temps de se refroidir. Nous pouvions distinguer sur ce pont, devenu un bagne, les ombres de nos infortunés compagnons traînant leur chaîne, et sans doute interrogeant sans cesse du regard le rivage et chaque canot de la rade.

Le vapeur ne demeura point longtemps cette fois, et nous eûmes le chagrin de le voir partir en emportant nos amis.

Quelles alternatives cruelles d'espérance et de désespoir. Combien ces prisonniers ont dû souffrir en se trouvant si près du but de leurs efforts de deux mois, si près de la liberté, et cependant enchaînés et condamnés à rentrer au bagne!

Depuis lors, j'ai reçu de leurs nouvelles; — de retour sur l'île du Diable ils tentèrent une troisième fois de se sauver. La suite de leur histoire a sa place marquée plus loin dans mon récit.

Nous ne gagnions pas assez pour mettre de l'argent de côté, loin de là, et cependant on ne dédaignait pas encore de nous voler, là où nous avions pris notre pension. A nos réclamations à ce sujet, le gouverneur, dont le caissier était chargé de retenir sur notre salaire le prix de notre pension, nous fit à peu près cette réponse : « Louez un logement où vous voudrez, achetez vos provisions, faites vous-mêmes votre cuisine, et vous serez encore volés. »

Cet homme était-il dans les secrets de notre destinée?

On eût dit que dans l'avenir, ainsi que dans le passé, nous devions toujours être volés, si grande que fut notre pauvreté. — Volés en France, volés à Cayenne, volés dans notre naufrage, volés à Démérary, où donc devait s'arrêter cette fatalité?

Ne pouvant compter ni sur nos économies, ni sur la bienveillance du gouverneur pour obtenir notre passage soit en Amérique, soit en Angleterre, il nous restait un moyen, c'était de nous offrir à un capitaine comme matelots. Le capitaine du *Sapho*, bâtiment marchand qui partait pour Londres, accepta l'engagement d'un de mes amis et le mien. Nous quittâmes Démérary après un séjour de trois semaines.

Je ne m'étendrai pas longuement sur les misères de notre traversée, qui ne fut ni des plus paisibles ni des plus agréables. Notre capitaine était un jésuite, et les matelots n'étaient pas très-bien disposés envers deux hommes qui ne savaient rien de la manœuvre, et dont l'un était affaibli par le mal de mer.

Nous fûmes fort maltraités, et sans un centime dans nos poches, vêtus de nos anciens, *très-anciens* habits de Cayenne, nous fûmes déposés enfin sur le pavé de Liverpool.

Pas un centime, pas un ami, un pays inconnu, beaucoup de fatigue, un grand froid et une faim dévorante, tel était le mauvais côté de notre situation; — mais, d'autre part, nous étions libres!...

Nous étions sur une terre où tout banni du continent peut chercher un asile sans crainte d'y être poursuivi ou même inquiété. Nous allions à Londres retrouver des amis, et entre autres des évadés de l'îlet de la Mère. Et là, à quelques lieues de distance de Paris, nous pouvions en travaillant attendre l'heure qui sonnera les matines de la Révolution et le glas des tyrans.

Lecteur, le récit de mes aventures se termine ici ; mais il me reste encore à raconter ce que, d'après des lettres, j'ai pu apprendre, au sujet des détenus restés sur l'île du Diable, après mon départ.

Quel long martyrologe!.... Et chaque jour les bourreaux y ajoutent une page plus douloureuse! Combien la vérité coûte cher! — Et combien la justice est lente!...

On nous garda encore quinze jours sous les verroux ; puis, à notre tour, on nous embarqua pour Démérary.

Ainsi que nos devanciers, on nous y déposa, sans argent, sans renseignements qui pussent nous être utiles. Les citoyens qui y étaient arrivés avant nous, s'étaient rendus chez le gouverneur et ils avaient été assez bien reçus. Ainsi l'un d'eux, le citoyen Séroude, dit dans sa relation que le gouverneur leur donna quelqu'argent et les plaça dans une pension convenable. Il leur fournit les effets de première nécessité et enfin leur paya leur passage de la Guyane à Baltimore.

La bonté du gouverneur s'était épuisée probablement, car il se montra très-peu généreux à notre égard.

En débarquant notre premier soin fut de demander où était le palais. Nous étions à l'heure la plus chaude de la journée, M. le gouverneur faisait sa sieste, on nous dit d'attendre. Il nous fallut attendre dans la cour en plein soleil.

Ces détails ne sont pas donnés avec un sentiment de rancune mais je crois que si minimes qu'ils soient ils ont leur importance. Notre sort dépendait à Démérary de la bonne ou de la mauvaise digestion du Pouvoir. Le sommeil de celui-ci se prolongeant plus qu'à l'ordinaire, son secrétaire nous demanda l'objet de notre visite et se chargea de l'exposer à son maître. — Le gouverneur nous fit répondre ensuite qu'il nous offrait le travail avec les forçats du port.

XII

SOMMAIRE : — Réflexions. — Régime actuel des détenus politiques à l'île du Diable. — Les gardiens infidèles. — M. Bonaparte lasse ses bourreaux. — Deux tentatives d'évasion. — Eugène Millelot. — La solidarité telle que la comprend le parti conservateur. — Autre solidarité.

Souffrir c'est apprendre.

Que la vanité et la flatterie cupide aient, à cette époque où l'on écrit plus encore que l'on ne parle, (ce qui n'est pas peu dire) dépravé l'imagination des lecteurs et affadi le goût par des *confidences*, des *confessions*, des récits infinis comme l'orgueil, et corrupteurs comme une exposition des produits du vice; que de là le public s'éloigne du récit des souffrances réelles et personnelles à celui qui les écrit, — je le comprends, c'est d'une méfiance et d'une réaction inévitables.

Je brave cette méfiance; — je ne recule pas devant cette prévention, et certain que la souffrance est d'un grand enseignement, j'appelle votre attention, lecteur, sur les impressions nées de ma situation nouvelle.

Arrivé en Angleterre, je me trouvai comme soulagé du poids d'un cauchemar. A Cayenne, j'existai et m'efforçais de sauver ma vie; — à Londres, je sentais chaque jour la vie me revenir. — Exister et vivre, — c'est deux. — Où étais-je, cependant? Etait-ce à ce milieu social que je voulais parvenir alors que j'étais encore en France? Ici, plus encore que dans mon pays, se trouve l'antagonisme honteux et désolant de la misère et de l'opulence. Ici, des milliers d'hommes meurent de faim, et même sans

9.

que leurs dernières paroles protestent contre l'égoïsme-régnant. Les superstitions et tous les vices des esclaves engourdissent les intelligences au point de les empêcher de réfléchir sur l'injustice de ce prétendu ordre industriel, commercial, gouvernemental, etc. D'où vient donc que Londres me rendait ma vie première? D'où vient que Londres ne m'affectait point des sentiments de tristesse dont me remplit la pensée de Paris ?

En Angleterre, on entre sans passeport, on circule sans entrave policière. On peut sans danger exprimer hautement sa pensée, et même s'occuper des questions qui intéressent le pays. L'hospitalité y est franche, la peur ne la contrôle jamais, lui laisse toute sa dignité, ne la fait jamais rougir de ses restrictions. En Angleterre, l'on ne sent point le despotisme...

J'étais pauvre, fatigué, dépaysé, — et voyez combien est funeste le despotisme! — je me sentais fort et je me sentais plus libre que dans mon pays!...

Comme ce gouvernement impérial doit appauvrir les intelligences ! Comme il doit énerver la société! Quelle maladie pour la France, et combien la peste, (quand même elle tuerait plus de monde) lui serait préférable encore! L'esprit ne circule plus, le cœur ne se confie plus ; — l'intelligence se ravale au cercle de plus en plus étroit de l'intérêt personnel ; — le moral de chaque citoyen est mis en prison ; — l'impérialisme forme autour de lui une enceinte qui lui dérobe la vue des intérêts sociaux et de la vie générale de l'humanité!

Si, — par impossible, — ce régime pouvait durer encore quinze ans, le temps nécessaire à la formation d'une seconde génération, — en France la bestialité l'emporterait considérablement sur l'humanité.

Retournons (en esprit) à l'île du Diable.

De Paris à Cayenne, la transition n'est pas si brusque qu'elle ait besoin d'être ménagée.

Les cruautés qui, depuis le mois de septembre 1856 jusqu'à ce jour, sévissent contre les détenus politiques de l'île du Diable ont plusieurs causes qu'il n'est peut-être pas inutile de rappeler.

Baudin avait été envoyé à Cayenne parce que Bonnard s'était senti pris de remords ou de découragement dans sa besogne de bourreau ; la captivité simple sur l'île du Diable avait été jugée trop douce ; de la Richerie n'avait pas hésité à la désapprouver de prime abord. Baudin arrivait pour remettre le pénitencier sur son premier pied, c'est-à-dire pour rétablir les supplices et le travail-forcé de l'îlet Saint-Joseph; ses premières paroles furent la menace « de nous faire crever tous comme des chiens. » Il imagina Borda; le travail dans le marécage; quelques hommes échappèrent à ce piége et sa satisfaction ne fut pas complète. — Il espéra sans doute de la fièvre jaune, plus que cette commère ne fit pour votre repos — ô satisfaits! — cette déception pouvait suffire à son impatience pour précipiter l'exécution des mesures qu'il était chargé de prendre. — L'évasion par le premier radeau l'arma d'un motif plausible.

Sur l'île furent établies des casernes de gendarmes, de gardes-chiourmes et de soldats de marine. Les détenus furent condamnés (qu'en dites-vous jurés des tribunaux français?) aux travaux-forcés. Des sentinelles furent échelonnées sur les bords de l'île, de nuit et de jour.

La mort fut forcée de se hâter. Que le sang versé retombe sur les juges et les jurés qui hypocritement condamnèrent à mort les républicains de leur République trahie, en ne paraissant les condamner qu'à un exil lointain!...

C'est quelque chose qui confond l'intelligence! — Quoi! ces scènes de dyssenterie et de fièvre jaune que je racontai plus haut, ces supplices du poteau, cette torture sans contrôle, sans trève ni merci, de l'homme par le bonapartiste, toute cette vie lentement déchirée, comme celle de Promethée enchaîné au rocher, et s'en allant par lambeaux sous les serres et le bec du vautour, tout cela... tout cela est surpassé par ce qui se commet aujourd'hui... Et, sublime de la dérision! l'Europe se complaît à gémir sur l'enlèvement d'un enfant!

Est-il bien possible que cela soit? Ne va-t-on pas, si je le raconte, mettre en doute ma véracité? N'est-il pas des limites aux crimes? — Haynau, qui fut hué et chassé de Londres, me paraît un saint si je le compare à nos gouverneurs.

Ah! l'on va dire que j'insulte M. Bonaparte! Mais que ceux qui le diraient se regardent au miroir de leur conscience, et ils auront aussi à crier à l'insulte et à la calomnie.

Est-il vrai qu'à l'île du Diable, près de l'équateur, là où le nègre peut travailler à peine, où le blanc qui travaille est condamné à mort; est-il vrai que les républicains français sont condamnés à huit heures de travail par jour? Est-il vrai que ce travail est fait sous le bâton du garde-chiourme?—Est-il vrai qu'au moindre mot d'impatience ou de désespoir, on vous bâtonne? — Est-il vrai que si vous murmurez, ou *montrez seulement du mécontentement*, on vons met soixante heures au poteau? — Est-il vrai que des citoyens surpris la nuit, chez eux en France, sont directement expédiés à Cayenne, mis à part de telle sorte qu'ils ne puissent communiquer aux autres détenus, ni les nouvelles politiques, ni les circonstances de leur arrestation? — Est-il vrai que chaque jour le trop plein des bagnes, sous prétexte de punitions, est envoyé dans les cachots du Château-Rouge?

Est-il vrai que la justice impériale vous condamne à une peine pour vous en appliquer une autre?

Est-il vrai qu'une condamnation en police correctionnelle soit secrètement changée en une condamnation à mort?

J'ai besoin de toute l'attention de mes lecteurs.

J'ai besoin aussi de toute la publicité qu'ils ont le devoir de donner par la parole aux actes que je vais citer.

Oui, il est vrai que la police correctionnelle du département de Maine-et-Loire condamna les citoyens : — *Riotto à deux mois de prison, Aridas à treize mois, et Chéniau à six mois de la même peine.*

Riotto fut embarqué sur l'Egérie pour Cayenne, après ses deux mois de prison, et sans condamnation subséquente.

Aridas et Chéniau, après être passé par la prison centrale, vinrent rejoindre notre convoi au fort Lamalgue.

Un autre, un filassier, dont je ne me rappelle pas le nom, condamné à 13 mois de prison, fut exporté également.

Tout quatre sont morts! (1)

Il en est bien d'autres encore, mais je ne puis donner leurs noms.

Malgré l'attention apportée dans le choix des soldats casernés sur l'île, il se trouve de temps en temps que les chefs se trompent et croient à leurs hommes moins de cœur qu'ils n'en ont. La sentinelle, la nuit, a ordre de tirer sur tout homme sorti de sa case.

---

(1) Voir chapitre VIII.

La nuit l'on se réveille en sursaut au bruit d'un coup de feu, et l'on se demande quel imprudent paye de sa vie le désir de respirer au dehors de sa case la fraîcheur de la nuit.

Le soldat de marine est aussi chargé d'assister aux punitions, à l'application des coups de cordes, de la bastonnade et du poteau. — On pense que plus d'un de ces soldats se lasse de ce métier d'aide-bourreau. — Quelques-uns prennent en pitié les victimes, quelques-uns viennent à leur secours, et — ce qui est plus fort — il en est même qui tentent de s'évader avec les détenus.

M. Bonaparte lasse ses exécuteurs!...

Une lettre qui me parvint dernièrement de l'île du Diable m'apprit que lorsque les prisonniers du bâteau-poste de Déméraryfurent rendus à l'île, ils excitèrent de nombreuses sympathies. Cinq d'entre eux méditèrent une troisième fois de s'évader, et pour cela songèrent à profiter de l'intérêt que leur montrait un soldat.

Sur les bords de l'île se trouvent des canots pour les besoins du service ; c'est près de chacun de ces canots que l'on place les sentinelles. Lorsque vint le tour de garde de ce soldat ami, ils allèrent au canot; et la sentinelle et les cinq détenus partirent ensemble. — Les détails me manquent. Comment et par qui furent-ils repris? — Je l'ignore. Ce que je sais c'est qu'on les reprit en mer. — « Les cinq détenus,— dit la lettre,— oublièrent leur propre malheur, accablés qu'ils étaient par celui de leur généreux amis. » — Le soldat a dû être fusillé. Sur l'île on n'entendit plus parler de lui après son arrestation.

Les difficultés, entre condamné et soldat, pour se communiquer leurs pensées sont très-grandes, et le châtiment réservé au déserteur est terrible; cependant, peu de temps après ce que je viens de raconter, les mêmes qui étaient partis avec le canot décidèrent cinq soldats à s'échapper avec eux.

C'est d'un capitaine de navire anglais que je tiens ce fait.

La mer était très-mauvaise; un canot courrait plus de dangers qu'un radeau ; ils n'étaient pas marins. Jusqu'à présent on ne sait point ce qu'ils sont devenus ; mais on pense qu'ils ont été noyés.

Depuis l'année 1856, je ne connais aucune tentative d'évasion qui ait été couronnée de succès.

Un fait remarquable c'est que les autres condamnés, les forçats non politiques, tentent bien moins souvent de s'évader. Les convictions morales qui sont le fond du socialisme, préservent l'homme de l'amollissement de l'esprit, l'éloignent des plaisirs énervants, et lui donnent une exceptionnelle énergie. Les gouverneurs se sont toujours méfié davantage des politiques que des autres. Les forçats ordinaires sont en bon nombre occupés à la ville de Cayenne, et jouissent d'une liberté relative ; il n'en n'est pas de même pour nous. Aujourd'hui, il y a des forçats non politiques qui sont placés près des nôtres dans le même bagne ; et même parmi eux on compte encore un assez grand nombre de condamnés politiques. Ainsi parmi les forçats de l'îlet de la Mère se trouvait Eugène Millelot dont je vais raconter le supplice.

Je disais chapitre VIII : — « A ma sortie de l'hospice j'appris que le citoyen Eugène Millelot était évadé. — E. Millelot, de même que son père et son frère, avait été transporté en 1852, mais seul des trois était condamné aux travaux forcés, et par conséquent se trouvait alors au bagne de l'îlet de la Mère. »

« En réalité il était seulement caché dans l'île. » — Je continue. — Son refuge était dans les rochers du rivage. — Qu'attendait-il là ? — Quel était son plan d'évasion ou seulement son espérance ? Je l'ignore. Il demeura là pendant tout un mois. — Croyez-moi, c'était beaucoup. — Car il y était au su de plusieurs compagnons de chaînes. La délation et la faim le menaçaient également. Pourtant ni l'une ni l'autre ne le perdirent.

C'était un si noble caractère que le sien ! C'était une nature à la fois si douce et si vaillante ! Il réunissait par les dehors, le geste, la parole, tant d'énergie et tant de bonté, tant d'intelligence et tant de cœur, sous une forme digne et presque sévère ! —Il était, cet infortuné, un exemple si frappant de la vertu punie par le crime récompensé, qu'au milieu de ce bagne des cupidités sans prudence et des fureurs sanguinaires, il était respecté et il était aimé !... Respecté... au bagne ! — Aimé au bagne !...

Quel est le prince qui, envoyé au bagne, imposerait autant ? — Quelle couronne que celle de la vertu !

Il s'était placé aux antipodes morales des victorieux de notre temps. Bien peu d'hommes, citoyens, ont ce courage.

Sa conscience, il est vrai, était fille et sœur de la conscience de son père et de celle de son frère; *ces ennemis de la famille* s'aimaient entre père et enfants. Un seul lien moral pour tout trois uni à une seule amitié. Quant à leur titre d'ennemis de la propriété, en vérité, ils le méritaient.

Habitants de Clamecy (département de la Nièvre) les Millelot possédaient une soixantaine de mille francs en biens-fonds. Pour des paysans, ils étaient plutôt riches que pauvres, et devaient, selon l'égoïsme actuel, se ranger du côté des conservateurs. C'étaient des hommes bien connus pour leur droiture et leur fermeté. Ces deux qualités les faisaient estimer, même de leurs ennemis politiques. C'étaient aussi des travailleurs.

A l'île du Diable, j'ai connu Millelot père. Je vous retracerais bien sa physionomie. Il avait le visage oval et bruni, un front intelligent, les yeux d'un bleu vif, les lèvres charnues, mais d'un dessin sévère ; il me faisait l'effet d'un homme qui voile un fond de générosité expansive et riche, d'un air de froideur et d'impassibilité; — il avait la pudeur de sa bonté.

Je n'aime pas à *poser* un homme ; je n'aime pas à faire l'éloge d'un homme de mérite même ; parce que je sais que l'éloge nous infatue de nous-même, et que d'ailleurs telle personne vantée peut être au-dessus d'un génie enseveli dans l'oubli ; mais je ne puis me retenir ici ; — les Millelot ont tant souffert !... Puis, le père et Eugène sont morts !

Eugène demeura un mois dans les roches. Des forçats lui portaient à manger et à boire, à leurs risques et périls. Ce qu'il attendait pour fuir lui manqua. — Il retomba entre les mains de ses exécuteurs, et il fut, sur le champ, condamné à la peine de cent coups de cordes. — Cent coups de cordes !... Cela vous paraît sans doute, lecteur, le plus cruel supplice qu'on pût lui infliger ? — Votre imagination ne saurait dépasser en inventions horribles l'inhumanité de cet arrêt. — Eh bien ! les ministres de la justice impériale sont d'un génie plus inventif. Cent coups de cordes pour eux ne sont pas suffisants. Cela ne fait que déchirer la chair, que denuder les muscles, que couper les artères, qu'arracher la vie ; — ils ont trouvé mieux que cela !

Voilà ce qu'ils ont trouvé ! Voilà ce qu'ils ont fait !

On vint à l'île du Diable chercher Millelot père et quelques citoyens, amis de jeunesse, compatriotes du condamné, — ont fut chercher son frère — puis, dans un cercle épais de gendarmes et de gardes-chiourmes, MM. les gouverneurs les placèrent près d'Eugène garotté et étendu.

C'est ainsi que l'empire comprend la solidarité.

Ils ne savaient à quoi s'attendre, les malheureux ; et quand ils virent, — lui son fils, — lui son frère, — eux leur ami, — étendu ainsi... Oh !!

L'heure sonna, — le signal fut donné, — la corde vibra...

. . . .

Le sang ruisselait, — la corde en était teinte ; — le bourreau pâle, les yeux hagards, se sentait sous l'ordre de la justice, l'instrument de la fatalité. Nul ne respirait parmi les témoins. En vérité ! Je me sens le cœur navré et l'esprit impuissant à retracer de pareilles choses !...

La corde vibra et coupa pour la vingtième fois. Eugène fit un effort suprême pour relever la tête et exhala ses dernières forces et sa vie dans ce cri : « *Vive la République !* »

Le vingt-et-unième coup s'appliqua ; — il était mort.

Vous le voyez ! Il n'en fallait pas cent ! La mort vous a fait tort de soixante et dix-neuf coups, MM. les condamneurs ! N'est-ce pas dommage ? Encore quelques coups de plus et le sang plus abondant de la victime, eut pu du bout de la corde aller pleuvoir encore tiède sur votre front serein. Et vous, leurs complices de France, ah ! pourquoi n'étiez-vous pas là !...

Ah ! messieurs les juges ! Ah ! messieurs les jurés, messieurs les procureurs, les gendarmes, les préfets et sous-préfets, messieurs les mouchards, messieurs les sénateurs, les grands veneurs, les grands écuyers, les porte-queue, les ministres, les députés, les valets, messieurs les bourreaux, messeigneurs les saints évêques, archevêques, — et toi, tourbe des complices, fange des reptiles, fumier qui engraisse les terres à herbes vénéneuses, — venez ! vous avez votre place ici ! — Venez ! vengeurs de la société qui la vengez si bien que vous en êtes millionnaires ! Sauveurs de la famille dont les familles s'épuisent à garnir les sérails ; sauveurs d'une religion morte sous le poids de la raison qui tue le dogme et le poids des iniquités de ses prêtres qui tuent la foi ; — venez, vous tous qui avez établi le crime et fixé son tarif ; venez aussi, rimeurs et prosateurs qui avez distillé dans un langage vermeil les infamies de cette époque pour en empoisonner les jeunes gens ; — rossignols des cours, n'êtes-vous pas les rossignols des potences et des bagnes ? Venez tous, conservateurs bien gras, bien vêtus, gens boîteux pour le bien et rapides pour le mal ; myopes de la vérité, lynx du mensonge ! — Venez et amenez vos dames et vos filles, votre place est retenue par vos confrères de Cayenne. Les bourreaux et les gardes-chiourmes sont vos instruments nécessaires — vos soutiens, vos gardiens, votre complément.

Sans eux, je vous prie, que seriez-vous ?
Êtes-vous gens à tuer d'un coup de canne, vous ?
Êtes-vous hommes à tuer d'un coup de corde ?

Non ! vous êtes de doux et pieux et justes personnages, bénis du ciel, bénis de l'empereur ; vous êtes *l'élite du monde*, — c'est du moins vous qui l'avez dit. — Vous êtes si tendres, que jouer du poignard vous serait impossible. Aussi l'on vous a disposé des fauteuils, vous vous êtes assis et bénoitement vous avez condamnés à Cayenne des hommes, — non pas vos semblables ! — mais des hommes de votre pays.

Ah ! vous croyez que lorsque vous passez douillettement et honorablement drapés, de l'air placide d'un homme pour qui le crime n'est plus un crime, et qui a bien dormi, et qui a bien déjeuné, — nous ne vous reconnaissons pas bourreaux de Cayenne ?...

Parlez un peu de justice et d'humanité ?... Et que mon récit, comme un fer rouge, fasse blémir vos lèvres ! Vous vous êtes dit : Bon débarras ! L'empereur m'a fait juge ou juré, ou... quelqu'un des siens. Chacun chez soi, chacun pour soi. Ces gens-là voudraient le bien pour tout le monde, moi je ne suis pas de tout le monde, je suis *de quelques-uns*. L'empereur a sauvé la société, c'est-à-dire moi et les miens ; ces gens-là se révoltent ; l'empereur m'a fait juge ou juré, — je vais dire oui à une question posée par un de mes honorables collègues, et *en vertu* d'une ligne écrite dans un bouquin nommé code, le livre sacré de l'empire, la bible et les évangiles du deux-décembre, — moi, bon bourgeois, j'aurai sauvé mes amis, ma famille et moi même. L'on enverra ces gens-là bien loin, ils y crèveront et personne n'y fera attention, et personne n'y pensera.

Vous avez raisonné ainsi, vous vous êtes trompé.

Les tombes parlent. Le sang de l'innocent a une voix séditieuse, ennemie de l'ordre, ennemie de votre cher silence ! Il arrive une heure pour la justice dont vous avez blasphémé le nom en l'employant à vos vengeances! Vous n'êtes pas encore parvenus à démoraliser le monde entier! Un jour, —bientôt— demain peut-être, vos enfants en apprenant vos crimes refuseront votre héritage de sang et renieront leur origine, et changeront de noms!...

. . . .

Ce n'est pas tout. — Chaque coup de corde qui assassina le fils, assassina le père.

Le père, qui avait été envoyé dans les marais de Borda et avait échappé à la fièvre jaune, cette fois n'échappa point. — Il mourût de douleur quelques jours après le supplice d'Eugène.

XIII

Sommaire : — Régime actuel sur l'île du Diable. — Craintes que peut nous causer une mesure nouvelle. — Lettre du citoyen G... — Responsabilité. — Dédicace.

On a dû remarquer le silence qui se fait, depuis trois ans surtout, autour de cette tombe de Cayenne. D'un côté, une seule lettre a été livrée à la publicité, — celle que nous citons plus loin ; — aucune évasion, après le naufrage des infortunés partis avec des soldats, n'est parvenue à ses fins. — D'un autre côté, le *Moniteur* garde le silence le plus absolu. Il a, en 1856, publié une lettre de Bonnard au sujet de l'installation des détenus sur l'île du Diable, et en réponse à un article du *Times*, — mais depuis l'avénement de Baudin il a jugé prudent de se taire.

Combien ce silence ne donne-t-il pas à penser ! — Que se passe-t-il sur l'île ? Le système de persécution exercé contre eux est sans doute plus cruel que celui qui fut employé auparavant sur l'îlet Saint-Joseph ; car de ce dernier bagne des protestations pouvaient encore parvenir en Amérique et en Europe. Il est probable que les peines sont assez fréquemment appliquées pour décimer rapidement les rangs des condamnés. — Comment connaître les noms des survivants ? — N'a-t-on pas vu dernièrement inscrits au nombre des condamnés politiques amnistiés par Bomba, les noms de deux prisonniers morts dans les cachots, depuis plusieurs années ?

Depuis quelque temps, le gouvernement impérial exporte tous les forçats dans les nouveaux bagnes des îles du Salut. Le bagne de Brest est complètement évacué; les autres se vident chaque jour. — On envoie là-bas—chose horrible à penser! —les femmes condamnées aux travaux forcés.

Bien que les travaux et les châtiments des transportés politiques ne diffèrent en rien maintenant de ceux que subissent les forçats ordinaires, cependant ce serait encore un bonheur pour les premiers d'être confondus avec les autres. Au commencement de 1858, les deux catégories vivaient encore séparément. — Aujourd'hui en est-il encore de même? — Il nous est permis d'en douter.

Voici une lettre de l'île du Diable, parvenue à New-York. (1)

New-York, 14 mai 1858.

Au Rédacteur,

Je vous prie de vouloir bien insérer dans une des colonnes de votre journal, la lettre suivante que je viens de recevoir d'un de mes malheureux compagnons de captivité qui a, pendant six années, partagé avec moi toutes les rigueurs de l'exil, et qui gémit encore sous le climat meurtrier de la Guyane française.

Je tairai le nom du courageux captif qui a écrit les lignes que je vous transmets, afin de ne pas attirer sur sa tête les représailles de ses persécuteurs.

Salut et fraternité,

GUSTAVE DIME,

Déporté à la Guyane par suite de résistance au coup-d'Etat, évadé de l'île du Diable en 1858.

« Ile du Diable, Guyane française, 15 mars 1858.

« Cher frère et ami,

« Je ne sais si cette lettre vous parviendra ; je vous écris au hasard, me confiant au dévouement et à la bonne foi des personnes qui s'intéressent à nous ; vu l'impossibilité matérielle de recueillir les signatures de nos compatriotes, je vous adresse ces quelques lignes au nom de la déportation politique de la Guyane, pour vous prier, vous qui avez eu la bonne chance de vous arracher, au péril de votre vie, aux griffes de nos bour-

(1) Cette lettre a été publiée dans le numéro 21 du *Bien-Être Social*; elle est une des pages les plus intéressantes du récit.

reaux, et qui êtes sur une terre de liberté, de protester en notre nom contre la conduite odieuse de nos oppresseurs. Ne craignez point, en dévoilant le mystère de nos souffrances, d'attirer sur nous la fureur impériale ; car nous sommes tous préparés à souffrir avec courage et à mourir, si toutefois notre mort pouvait être utile au triomphe de la Révolution.

« Depuis votre heureuse évasion de l'île du Diable, que de choses se sont passées dans la déportation politique ; que de tortures et de misères ! et combien de nouvelles victimes viennent aussi, chaque jour, partager notre terrible position, et s'éteindre lentement dans les marécages de la Guyane ou dans les cellules des prisons ! je ne saurais en faire le dénombrement.

« Il se fait fréquemment des débarquements mystérieux de déportés politiques, et pour que nous ne sachions point ce qui se passe en France, les nouveaux débarqués sont entièrement séparés des anciens détenus ; de sorte que nous ne savons rien de la mère-patrie, aucune voix du dehors ne peut pénétrer dans l'enceinte de notre sépulcre : rien, aucun cri, aucun soupir, ne peut non plus s'en échapper : nos gémissements sont étouffés et notre vie est une mort lente. L'ancien système de l'île Saint-Joseph, c'est-à-dire les travaux forcés de huit heures par jour, sous le soleil dévorant de l'Equateur, est mis en vigueur dans tout son ensemble ; l'île du Diable, qui n'a qu'une demi-lieue environ de circonférence, est divisée en deux camps, en déportés politiques et en forçats ; nous sommes sur le haut de la montagne, au milieu des rochers, et les condamnés sont à l'embarcadère. Nous sommes constamment l'objet des plus odieuses persécutions de la part de nos geôliers, qui jouissent, avec un farouche plaisir, du privilége de nous voler nos vivres et nos effets et de nous martyriser à leur gré, comptant sur l'impunité de leurs supérieurs qui les excitent à nous maltraiter. Les fers, les chaînes, les boulots, les bracelets, la canne de justice, le pilori, le baillon et le poteau fonctionnent continuellement.

« Les cachots du Château-Rouge, cette nouvelle bastille des îles du Salut, s'emplissent de squelettes vivants ; et là, dans cet affreux sanctuaire de l'assassinat, déportés politiques et galériens sont confondus et des scènes atroces s'y passent dans l'ombre de la nuit et dans le silence de l'éloignement ; parfois, les valets du crime, au milieu d'un profond sommeil, viennent nous arracher de notre caveau pour nous garotter au poteau par les pieds, la taille, le cou, et les mains arrêtées derrière le dos, sans que nous en sachions le motif, et tandis que nous, républicains, sommes mutilés sur ce carcan, il s'opère sous nos yeux des choses qui déshonorent l'humanité : un malheureux forçat à demi-nu, attaché à plat ventre sur un banc et un bâillon dans la bouche, pour arrêter la vibration de ses cris, reçoit la bastonnade, et à chaque coup de corde que le bourreau lui frappe sur le dos, le sang jaillit de toute part et des lambeaux de chair viennent se coller jusque sur notre visage. A la torture physique du poteau, ils joignent la double torture morale de voir commettre un meurtre et d'entendre les hurlements étouffés du supplicié, sans que nous puissions nous éloigner de ce spectacle outrageant !... Je m'arrête, car le sang me monte au front, une larme de douleur s'échappe de mes paupières et mon cœur saigne d'indignation en voyant, au XIXe siècle, siècle de lumières et de civilisation, de semblables cruautés ! C'est bien là que l'on reconnaît à l'œuvre les accolytes du héros de décembre.

« Cependant, encore quelques mots sur notre position : sur les îles, on nous laisse marcher pieds-nus sur les caillous et dans les épines sans vouloir nous donner de chaussures ; la plupart de nous sont sans vêtements et n'ont que quelques haillons pour cacher leur nudité et se préserver des feux dévorants de la zône torride. Notre nourriture ne se compose que de légumes avariés de viandes salées décomposées par la corruption et encore en quantité insuffisante ; nous mourrons de faim. Nos correspondances avec nos familles sont supprimées ; tout nous est ravi : les consolations de ceux qui nous aiment, la liberté de conscience (car les jésuites, race hypocrite et menteuse, secourus par les prétoriens de l'empire, nous contraignent d'assister à leurs ridicules et extravagantes tragédies, de quelque religion qu'on se soit déclaré). Pour logement, nous avons de sombres cachots ; pour lit, la dalle humide et glacée ; pour bijoux, des chaînes et des fers ; pour distraction, la morne torture. Il ne nous reste que la foi dans l'avenir pour le triomphe de la noble cause pour laquelle nous nous sommes dévoués, c'est-à-dire le bien-être universel ; s'il ne nous est pas permis de revoir la patrie et de presser dans nos bras ceux qui nous sont chers, si nous sommes condamnés à périr dans les fers sans que nous puissions encore une fois combattre les oppresseurs des nations, nous mourrons avec courage sur la terre d'exil, fiers d'avoir rempli nos devoirs sacrés et d'avoir consacré notre vie à l'avènement de la République universelle, démocratique et sociale, et à la chute de cette vieille société décrépite qui s'écroule dans la fange.

« Nos accolades fraternelle à tous nos amis.

« Je vous presse la main d'amitié, pour la déportation politique,

« Votre frère de cœur : G... »

Quelle peinture émouvante! Quel noble langage! — Et c'est au nom du progrès, c'est au nom de la vertu, que l'Europe consent au supplice de tels hommes! — Car M. Bonaparte n'est que l'exécuteur des hautes œuvres de l'Europe; comprenez-le bien! On n'a Cayenne, sans doute, que parce qu'on a les Tuileries; mais on gâte son existence à charger les honnêtes gens des chaînes du bagne. Ces infamies de Cayenne, personne, personne que nous, pauvre petit journal hebdomadaire, n'élève constamment la voix contre elles! La peur et l'égoïsme passent, un doigt sur la bouche, devant ces faits dont notre siècle est déshonoré. — Eh bien! nous dirons : périssent les lâches et les égoïstes, plutôt que les hommes généreux.

Nul n'a le droit de rester indifférent devant de telles exécuons; — excepté ceux qui combattent la tyrannie, nul n'est irresponsable de ces crimes commis à Cayenne.

Chacun aime à rejeter tout le poids d'une responsabilité semblable sur de plus puissants que soi. — On dit : c'est malheureux, — mais je n'en suis pas cause, — mais je n'y peux rien faire. — M. Bonaparte en ce cas a bon dos.

Avant de fermer ce livre, lecteur, peut-être allez-vous recueillir les impressions diverses qu'il vous fournit; permettez d'être encore de moitié, pour un instant, dans votre étude. Le narrateur quelquefois a peine à s'arracher à son œuvre; ce cas est le mien.

Si vous êtes démocrate-socialiste, vous avez sans doute dans ce martyrologe retrempé votre courage, et vous vous êtes estimé heureux de servir une cause qui suscite chaque jour tant de grands hommes véritables, tant de héros naïfs.

Si vous êtes réactionnaire, votre opinion politique n'a pu réprimer les élans de votre cœur, et quand vous avez vu vos *ennemis* à Saint-Joseph, quand vous avez assisté en imagination aux scènes de l'hôpital et de Borda, quand vous avez été pris à témoin du supplice du poteau, — quand vous avez entendu les coups sourds de la corde qui tua Eugène Millelot, — il est vrai, n'est-ce pas, que jamais vous n'avez été du côté du bourreau, mais que toujours vous vous êtes trouvé rangé du côté de l'humanité, du côté de la victime.

Ces arrêts cruels, ces arrêts que le gouvernement que vous approuvez signa, — vous ne les auriez pas signé.

Eh bien ! maintenant que vous savez, voulez-vous que cette infamnie soit continuée ? Voulez-vous encore du sang ? Voulez-vous encore entendre de ces cris déchirants ? Voulez-vous d'autres spectres à votre chevet ? Continuez votre réaction. Continuez... un jour vous vous réveillerez baigné dans le sang de vos victimes.

Car, vous ne l'ignorez pas, il faudrait que l'entendement fut une faculté sans valeur, que l'histoire fut un rêve, que l'humanité fut ce que Cayenne prouve qu'elle n'est pas : une monstruosité sans nom, — pour que le mal présent ne demanda point logiquement sa réparation demain !

Le peuple français n'offre point qu'une seule tête ; et la main du bourreau se fatiguera, et sa vue se troublera avant que le peuple français soit épuisé de sang, soit vaincu. Et s'il arrivait que le peuple tombat à bout de forces, la réparation serait provoquée par les dégoûts et les remords des persécuteurs eux-mêmes. — Qui a demandé la réforme de 89 contre la noblesse ? — La noblesse.

Ecoutez ; durant la séance du matin, le 4 août, alors que l'assemblée décrète que la constitution sera précédée de la déclaration des droits de l'homme, c'est un noble qui s'écrie : « En produisant cette déclaration, donnons un grand exemple à l'univers, présentons-lui un modèle digne d'être admiré. » C'est le vicomte Mathieu de Montmorency qui tient ce langage. C'est un vicomte de Noailles qui propose ensuite le rachat des droits féodaux et la suppression des servitudes personnelles ; — et le duc d'Aiguillon l'appuie. Ensuite paraît à la tribune un noble breton, Guen de Kerendal, et son discours, croyez-moi réactionnaires d'aujourd'hui, demain quelques-uns d'entre vous le tiendront ;

écoutez! « Vous eussiez prévenu l'incendie des châteaux, si vous aviez été plus prompts à déclarer que les armes terribles qu'ils contenaient, et qui tourmentaient le peuple depuis des siècles, allaient être anéanties par le rachat forcé que vous alliez ordonner. *Le peuple impatient d'obtenir justice et las d'oppression, s'empresse à détruire ces titres, monuments de la barbarie de nos pères. Soyons justes,* messieurs, qu'on nous apporte ici les titres qui outragent, non-seulement la pudenr, mais l'humanité même; *qu'on nous apporte ces titres qui humilient l'espèce humaine*, en exigeant que les hommes soient attelés à une charrette comme les animaux de labourage, qu'on nous apporte ces titres qui obligent les hommes à passer les nuits à battre les étangs pour empêcher les grenouilles de troubler le sommeil de leurs voluptueux seigneurs! Qui de nous, messieurs, dans ce siècle de lumières, ne ferait un bûcher expiatoire de ces infâmes parchemins et ne porterait pas le flambeau pour en faire un sacrifice sur l'autel du bien public? »

Qui attaque les priviléges du clergé? — Le clergé. En un mot qui sonne le tocsin de cette St-Barthélemy des priviléges? Les privilégiés eux-mêmes. — Si ce n'est le peuple, dans l'avenir prochain, privilégiés du jour, ce sera vous qui ouvrirez la porte à la Révolution. — Vous n'avez pas à sacrifier un droit qui vous autorise à faire battre vos étangs pour dormir plus tranquilles; — mais vous avez à abolir le droit impérial que vous avez d'envoyer à Cayenne, pour assurer la tranquillité de votre sommeil.

Méditez cette histoire d'une prison, près de laquelle la Bastille paraît un séjour délicieux, — et songez combien un récit semblable doit ajouter chaque jour au trésor des colères d'un peuple....

Mais je vous laisse; — ce récit s'adresse plus particulièrement à d'autres.

DÉDICACE.

Tandis que sévit le despotisme, et que chaque jour compte un deuil de plus dans la grande famille socialiste, — une blessure de plus aux flancs de l'immortelle Liberté ; — tandis que les satisfaits oublient, et que ceux chez qui notre vote s'égara en 48, nous délaissent ; tandis que le mouchard rode autour de vous, que vos ennemis vous menacent et vous persécutent, — j'achève pour vous ce livre, et je vous le dédie, à vous que la force impériale persécute, et que la pitié peureuse abandonne !

A vous femmes ! à vous enfants ! à vous frères et sœurs des martyrs de Cayenne, de Corte, de Mazas, de Lambessa ! A vous les larmes de ce livre et les cris de justice qu'élève le sang innocent !

C'est une vie cruelle, que vous endurez sous les tyrans de France, femmes des transportés !

Par la terreur qui règne, — ouvrières, à peine ose-t-on vous donner de l'ouvrage. — Le regard sympathique, les serrements de main furtifs, sont les consolations restreintes par la peur, que vos concitoyens vous donnent.

Vous êtes placées sous la surveillance de la police, vos cœurs d'épouses, de mères, de sœurs, sont accusés de sympathiser avec les condamnés ! — Vous êtes demeurées dans vos pays, des souvenirs vivants, des protestations toujours visibles, et le sang qui coule dans le secret des bagnes et des cachots, s'atteste par votre pâleur.

A peine une lettre, une lettre qui témoigne que les vôtres *vivaient* encore, deux mois avant l'arrivée du bateau des messageries, — une lettre brève, découpée par la censure, ayant subi les attouchements impurs des gouverneurs, mouchards et geôliers, tant de la colonie que de la France impériale, — à peine une lettre vient-elle en un an !...

Avec quel empressement vous saisissez cette lettre; avec quelle avidité vous la parcourez !... Et déception amère ! le plus souvent cette lettre, dont vous attendiez une nouvelle heureuse, vous apporte la nouvelle d'un deuil de plus! Et lorsqu'elle ne vous dit pas, avec une concision cruelle : femme, vous êtes veuve, ou : mère, vous n'avez plus d'enfant; — lorsqu'elle est de la main de celui qui vous est cher, elle vous laisse toujours un doute, toujours une crainte plus vive... Car la vérité peut avoir été effacée de cette lettre, et chaque rature de la police est un élément de plus, à l'imagination de votre désespoir.

Et vous, pauvres enfants, qui n'avez connu votre père que durant vos premières années, et qui l'auriez suivi au supplice, si vous aviez été de jeunes hommes; — votre existence est aussi bien pénible. Vous êtes obligés à une prudence extrême; vous êtes suspects; et dès que vous serez en âge d'être des victimes, méfiez-vous!

Toutefois, si jamais ce livre parvient jusqu'à vous, accueillez les sympathies ardentes de frères, qui ne peuvent rien autre chose pour vous, que demander justice! — Si vous le lisez, ses récits vous affermiront sans doute, dans la voie qui vous fut tracée par vos pères. — C'est votre Livre-d'Or, à vous roturiers; c'est votre rappel au devoir, ô fils des martyrs! C'est aussi votre encouragement.

Grandissez pour la République universelle et socialiste; et, lorsque sonnera l'heure de son avénement, rappelez-vous, en même temps que ce qu'ont souffert vos pères et mères, — les fautes qui amenèrent leur malheur.

Dans la Révolution prochaine, dont le sort sera plutôt encore, entre les mains des hommes de votre génération, que dans la nôtre, — car nous ne pourrons que jeter les fondements, et c'est vous qui édifierez, — rappelez-vous que vos pères se sont perdus, par trop de confiance dans de faux alliés, intéressés à les faire périr, et en des nullités bavardes. Songez que si vous laissez la Révolution inachevée s'arrêter, ce ne sera pas par centaines, mais par mille que l'on exportera. La réaction sera plus féroce encore peut-être, qu'elle ne l'est aujourd'hui.

. . . .

A vous donc ce livre, parents des transportés politiques!

TOPOGRAPHIE.

Synnamari. — Le poste de Synnamari, qui a pris son nom de la rivière, est à l'extrémité N. O. d'une savanne ou prairie de 15 ou 16 milles de long, sur 8 ou 10 de large. (Ange Pitou, déporté à Cayenne. *Voyage à Cayenne*, t. i, page 201, an xiii, 1805.)

Iracoubo. — Mana. — Maroni. — La rivière d'Iracoubo, celle de Mana, à 28 lieues des côtes, jusqu'au fleuve *Maroni*, arrosent et fixent ici les bornes de la Guyane française, du côté du Nord. L'embouchure du *Maroni* est par environ 5 degrés 50 minutes de latitude septentrionale, et 56 degrés 22 minutes de longitude, estimée à l'occident du méridien de Paris. (Id., p. 202.)

Ville de Cayenne. — « La ville de Cayenne est située à l'extrémité nord-ouest de cette île, à l'embouchure de la rivière du même nom, est fortifiée et pourrait être défendue assez avantageusement par un petit morne qui se trouve dans son enceinte. Sa latitude est de 4 degrés 56 minutes, et sa longitude est de 54 degrés 35 minutes d'après les observations de M. de la Condamine. » (Id.)

Climat.

« A cinq heures et demie, le crépuscule paraît ; à six heures moins un quart le petit jour, à six heures le soleil s'élance du sein des mers entouré d'un nuage de pourpre. L'ombre de la terre ne s'efface presqu'ici qu'à l'instant où cet astre est à l'horizon, tandis que cette ombre diminuant vers les pôles, laisse aux habitants des zônes tempérées et froides, la lueur des rayons obliques qu'il darde sous eux, pendant six mois, sous l'une et l'autre partie du globe.

« Nous sommes *amphisciens*, c'est-à-dire que notre ombre va de côté et d'autre. Depuis le vingt avril jusqu'au vingt août, elle est du côté du midi et pendant les six autres mois elle tourne du côté du nord.

« Nous avons tous les jours égaux aux nuits, à une demi-heure près, que nous perdons de septembre à Mars, et que nous retrouvons dans les six autres mois. Nous avons deux étés, deux équinoxes, deux hivers et deux solstices. La chaleur est tempérée par des pluies abondantes, qui tombent depuis le solstice d'hiver, mi-décembre, jusqu'en mars et reprenant en mai jusqu'à la fin de juillet, où commence le grand été, jusqu'en décembre. Le soleil passe deux fois à pic sur nos têtes, le 20 avril et le 20 août. Il est peu sensible la première fois par les pluies dont la terre est arrosée. Son retour nous donne pourtant un mois et demi de beau temps, qui sèche un peu le- étangs; mais l'inconstance de ces climats boisés et montueux, trompe sous vent l'attente des colons, qui feraient toujours deux riches récoltes, si les étés et les hivernages étaient réglés. On rit quand je parle d'hiver et d'été sous la zone torride. L'été, pour nous, est un soleil brûlant, qui pendant plusieurs mois n'est rafraîchi que par l'haleine d'une brise ou vent violent qui souffle toujours de l'est au nord-est. Pendant la journée, le vent vient de mer, et étouffe celui de terre. Ce dernier ne se fait sentir aux côtes, que dans certains temps, pendant quelques heures et presque toujours le matin et le soir, après le coucher du soleil.

« L'hiver est la chute continuelle des pluies ; elles sont si abondantes que souvent les cases sont inondées et les plantages sous l'eau. La pluie tombe quelquefois pendant quinze jours sans interruption, ce qui fait dire à *Raynal* que la plage où la colonie de 1763 avait débarqué était un terrain *sous l'eau*. Horace serait très-croyable, s'il disait que dans ces déserts « les daims craintifs nagent vers la cime des arbres, où les poissons s'étonnent de voir le nid de la tourterelle englouti. » — Quatre ou cinq heures de beau temps ont pompé l'étang. Cependant les ondées sont si fréquentes, que durant l'hivernage, l'eau n'est pas à plus de trois pouces du niveau de la terre. Ces grandes pluies forment des torrents qui grossissent les fleuves ; on les appelle avalasses. Tandis que nos rivières de France laissent leurs lits à sec, celles de la zône torride sont gonflées de doucins, aussi rapides que la fonte des neiges dans les montagnes.

« Les hivers sont quelquefois secs et chauds, alors les plantages meurent, le vent du nord, qu'on appelle *bise* en France, brûle et gèle de son soufle nitreux, sec et froid, les fleurs, les fruits et les tendres bourgeons. Tel on voit le soleil sans nuage, se levant sur la vigne gelée, mettre en cendres le bouton trop prompt à s'épanouir à la chaleur. » (*Voyage à Cayenne*, par L. A. Pitou, t. I, p. 206.)

Certains journaux étrangers ont accueilli dernièrement de graves accusations contre le régime adopté à Cayenne. Le *Moniteur* y fait aujourd'hui la réponse suivante :

« Quoique certaines calomnies se réfutent par leur grossièreté même, il n'est pas moins bon quelquefois de leur apposer des explications catégoriques.

« On s'est efforcé, par des publications, de faire croire à l'étranger que les hommes envoyés à la Guyane avaient été victimes des plus mauvais traitements, et, pendant leur traversée, et depuis leur arrivée à Cayenne. Voici la réponse à cette accusation.

« Une idée vraiment philantropique a présidé, on ne l'ignore pas, à la suppression des bagnes et à l'établissement de Cayenne. On a pensé avec raison que les forçats des bagnes, encombrés en France dans des espaces étroits et malsains, pourraient être beaucoup mieux traités dans une colonie, s'y amender et devinir utiles.

« A cette catégorie, on a joint, en vertu du décret du 8 décembre 1851, des hommes faisant partie des sociétés secrètes, et dont la plupart étaient déjà des repris de justice.

« Depuis l'orgine de la transportation jusqu'à ce moment, le nombre des individus envoyés à Cayenne et appartenant à la catégorie soi-disant politique, a été de 320, nombre qui, d'après les dernières statistiques, se trouvait réduit à 180. La diminution a eu pour cause :

« 1° Des évasions en assez grand nombre ;

« 2° Des libérations successives par mesure d'indulgence ;

« 3° 52 décès survenus dans cette catégorie pendant un espace de temps de plus de quatre ans, chiffre qui peut surprendre par sa modicité, si on songe que depuis quinze mois la fièvre jaune règne extraordinairement à la Guyane sous la forme épidémique.

« Pendant le séjour de ces individus à la Guyane, l'administration de la colonie, loin de mériter le moindre reproche quant à leur traitement, a poussé, au contraire, aussi loin que possible les soins, les ménagements et la longanimité. C'est ce qu'ont attesté bien des lettres des intéressés eux-mêmes. Jamais cette catégorie de transportés n'a été confondue sur les pénitenciers avec les autres, soit à l'îlet la Mère, soit à l'îlet Saint-Joseph ; on leur a toujours affecté de établissisements spéciaux. Pendant longtemps on les a nourris sans exiger d'eux aucun travail régulier. Cette tolérance devait avoir un terme. C'est le petit nombre qui s'est mis en état de résistance à l'obligation du travail dans les pénitenciers, travail réglé d'ailleurs dans toutes les conditions nécessaires pour qu'il ne puisse altérer leur santé ni leurs forces.

« La clémence de l'Empereur s'est déjà étendue, comme on vient de le voir, sur un assez grand nombre de transportés signalés pour leur repentir ou seulement notés pour leur soumission continue au régime que leur rébellion leur a fait encourir. Parmi ceux-là même. cependant, il y en avait beaucoup dont les antécédents judiciaires étaient déplorables. Leurs états signalétiques fourmillent de renseignements qui auraient permis d'en classer beaucoup soit avec les repris de justice, soit même avec les forçats. Parmi eux il s'en trouve, faut-il le dire, plusieurs qu'a frappés, non le régime actuel, mais celui même de la république. Qu'on n'oublie pas, en effet, que l'Algérie avait reçu, en vertu d'une loi de 1850, la partie la plus dangereuse des insurgés de juin 1848, et qu'un certain nombre de ces hommes n'a été envoyé de l'Algérie à la Guyane qu'à titre de déplacement, motivé sur leur mauvaise conduite dans les établissements du nord de l'Afrique.

« Dès le début, les transportés envoyés à la Guyane en vertu du décret du 8 décembre 1851 ont été soigneusement l'objet d'installations isolées de celles de forcats, et il n'y a eu que des rapprochements très-momentanés commandés par les circonstances entre les repris de justice et les soi-disant politiques, dont beaucoup étaient eux-mêmes des repris de justice. Les rapprochements consistaient, d'ailleurs, dans l'installation sur une seule et même île mais jamais dans la cohabitation.

« L'obligation du travail, commune à tous, a été, en théorie, entendue d'une manière uniforme, c'est-à-dire que le droit coërcitif des autorités allait jusqu'à l'emprisonnement, et que partout les détenus devaient, selon la mesure de leurs aptitudes et de leurs forces, être employés aux travaux d'installation et de jardinage. Mais, en fait, on peut dire que la catégorie dite des politiques a joui d'une grande liberté relative. Beaucoup ont été autorisés à résider en liberté sous caution, soit dans la ville de Cayenne, soit dans les quartiers ; ceux qui ont été internés, soit à l'îlet la Mère. voisin de Cayenne, soit à l'îlet Saint-Joseph (l'une des îles du Salut), n'on pris aux travaux qu'une part très-secondaire. Plus tard, sous l'administration du contre-amiral Bonard, cette catégorie, sauf toujours ceux qui sont en liberté sous caution, a été concentrée sur la troisième des îles du Salut, l'île du Diable, sous reserve de mettre en détention disciplinaire, à bord du ponton le *Castor*, ceux qui se montreraient les plus dangereux par leur résistance aux ordres de l'autorité.

« M. le contre-amiral Bonard décrivait ainsi le régime des transportés à l'île du Diable, dans sa correspondance du mars et avril 1855 :

« Je leur ai affecté en propre l'île du Diable, où il avait été fait quelques essais de culture, où il avait été élevé quelques baraques. Je leur ai livré des matériaux pour compléter leurs installations, auxquelles ils se sont mis avec toute l'ardeur qu'inspire la nouveauté. L'île du Diable se trouve, en ce moment, sous l'œil vigilant de M. de la Richerie, sans un seul garde ou gendarme. J'ai eu soin seulement de leur enlever les enbarcations et tous les moyens d'évasion. Un d'entre eux a été appelé à la direction de cette turbulante population ; tout va bien jusqu'à présent.

« Je n'ose espérer, avec ces caractères exaltés et changeants, quelque chose de solide et de bien organisé. J'ai pu faire cette expérience sans danger, et l'arrivée du *Castor*, avec ses prisons cellulaires, me mettrait à même d'éloigner de cette petite colonie tous les fauteurs de désordre, s'il venait à s'en manifester.

« La résignation est donc devenue de rigueur, et, pour le moment, seuls, sans gardes, sans gendarmes, sur l'île du Diable, ils peuvent y discuter librement leurs théories, pourvu qu'ils se soumettent à l'autorité de celui d'entre eux que j'ai créé responsable. Jusqu'ici ils paraissent contents, et ils se portent bien. Ils se livrent avec ardeur à l'édification de leurs cases et aux soins du jardinage et de la basse-cour pour améliorer leur bien-être, Tous les deux jours, il leur est porté des vivres pour quarante-huit heures; ils font eux-mêmes la distribution et leur cuisine.

« Du haut de l'île Royale, on distingue à l'œil nu tout ce qui passe à l'île du Diable.

« S'il s'agissait maintenant de comparer le régime de travail imposé à ces transportés à celui qui est le partage des condamnés proprement dits sur les pénitenciers de la Guyane, on verrait qu'il n'y a aucune analogie dans le traitement et dans le sort des uns et des autres. Le travail des forçats est réglementé, strictement obligatoire, toujours gratuit et sérieusement productif. Il a toujours été obtenu aussi régulièrement que l'ont permis les épreuves du climat. C'est avec les bras des forçats qu'ont été créés les établissements de l'île Royale, de la Montagne-d'Argent et de la Comté. Sur les deux premiers, les constructions provisoires en bois (casernes), hôpitaux, magasins, travaux défensifs, puits et citernes ont été presque entièrement remplacées par des édifices ou constructions en briques et en pierres. Sur le troisième, deux établissements ont été créés à Sainte-Marie et à Saint-Augustin; on en crée en ce moment deux autres. Il y avait en juin 1856:

A l'Ile Royale.	919	forçats blancs.
A l'îlet la Mère.	221	—
A la Montagne-d'Argent.	189	—
Dans la Comté.	838	—

« En juillet, deux nouveaux convois (environ 600 hommes) ont été installés à la Montagne-d'Argent.

« C'est par le travail de ces criminels, assistés de 2 ou 300 repris de justice et d'environ 150 forçats noirs, qu'ont été réellement créés et que se poursuivent les pénitenciers, sous la direction aussi habile que persévérante des officiers et agents chargés de la direction de ces établissements. Les nécessités mêmes de cette installation, si cruellement compliquée par les obstacles de la fièvre jaune et du climat en général, expliquent comment les travaux de culture, sans avoir été négligés, sont encore peu productifs. Quant à la catégorie des transportés soi-disant politiques, on peut bien dire que, sauf de rares exceptions, elle n'aura guère parue à la Guyane que pour y donner le spectacle de son inertie et de son inutilité.

« Quant au traitement à bord, le rapport du capitaine de l'*Erigone* donne des détails circonstanciés dont l'exactitude est le démenti le plus formel à toutes les incriminations mensongères :

« Les vêtements délivrés au départ n'ont point été uniformes ; mais c'est ce qui prouve le mieux le soin qu'on a pris de vêtir les transportés distinctement des forçats : on leur a distribué des pantalons, des paletots achetés chez les fripiers de Brest, des chemises de laine et des chaussures prises dans l'approvisionnement du port. La nourriture a été celle de l'équipage et de la garnison placée à bord, et aucun bâtiment ne part sans qu'une commission ait vérifié la bonne qualité des vivres. L'eau est prise dans les caisses à eau qui contiennent la provision de tout le monde, même de l'état-major. Qui croira qu'on ait fait embarquer sur l'*Erigone* des vivres spécialement avariés, et qu'on les ait fait préparer à part pour l'alimention des transportés ? C'est là une imputation qui se réfute d'elle-même.

« Chaque catégorie occupait un logement différent et ces hommes n'avaient aucune communication entre eux. Toutes mesures étaient prises pour réprimer une rébellion; mais fort heureusement nous n'avons pas eu besoin d'en venir là; *ils se sont montrés soumis et obéissants aux consignes établies.* Pour l'hygiène, je n'ai rien épargné : les sabords de la batterie ont été ouverts au soleil levant et fermés à son coucher, etc. Par ce moyen, et grâce au beau temps que nous avons eu pendant la traversée, je suis arrivé au mouillage de Cayenne, le 27 juin, SANS AVOIR UN SEUL MALADE.

« Ces derniers mots : *Pas un malade à l'arrivée* résument et répondent à tout. Ils réfutent notamment cette assertion que chaque détenu à bord avait un espace de 90 centimètres. Le convoi de l'*Erigone* était de 400 passagers; ce bâtiment avait de plus son équipage de 101 hommes et une cinquantaine de soldats et de surveillants. L'*Erigone* est une ancienne frégate de 44 canons, débarrassée de son attirail de guerre et convertie en bâtiment de transport. Personne ne peut admettre que dans ces conditions il y ait eu le moindre entassement à bord.

« Tel est le récit exact et circonstancié de tout ce qui concerne les transportés pendant leur arrivée à Cayenne. C'est la plus simple et la meilleure réfutation des écrits mensongers par lesquels on a essayé d'en imposer à l'étranger. »

Ce livre est une réfutation complète des mensonges du *Moniteur*. Cet article prouve combien M. Bonaparte et les siens sentent la gravité de leurs *actes* à Cayenne. Aux réfutations que contient mon récit, je n'ai qu'un mot à ajouter, c'est que l'administration coloniale est la plus mauvaise possible et que les travaux des forçats dont parle le *Moniteur*, pour la plupart, ne furent pas exécutés.

Plus tard, preuves en main, et des gaspillages, et des concussions, et des négligences de l'administration, — je démontrerai ce que je ne puis qu'affirmer aujourd'hui.

CHAPITRE VI.

« On s'était conduit d'une manière bien différente envers Collot-d'Herbois et Billaud-Varennes. Le Directoire, par son arrêté du 4 brumaire de l'an 4, avait « enjoint à tous les agents du gouvernement, de les laisser jouir de leur pleine liberté dans la Guyane, » et cette dernière expression avait été interprétée dans toute sa latitude, c'est-à-dire que la ville et l'île de Cayenne étant considérées comme faisant partie de la Guyane, on les laissa libres d'aller partout où ils voulurent, du moment qu'ils furent débarqués! Non-seulement ils n'étaient point escortés par la force armée, mais il était enjoint à tous les officiers, à tour de rôle, de les accompagner à la promenade, pour les satisfaire sur les objets de leur curiosité. »

(Déportation et naufrage de SS. Aymé, ex-législateur, suivis du tableau de vie et de mort des déportés à son départ de la Guyane.)

TABLE DES MATIÈRES.

www.ingramcontent.com/pod-product-compliance
Ingram Content Group UK Ltd.
Pitfield, Milton Keynes, MK11 3LW, UK
UKHW031900260826
14628UKWH00002B/901

9 782014 049671